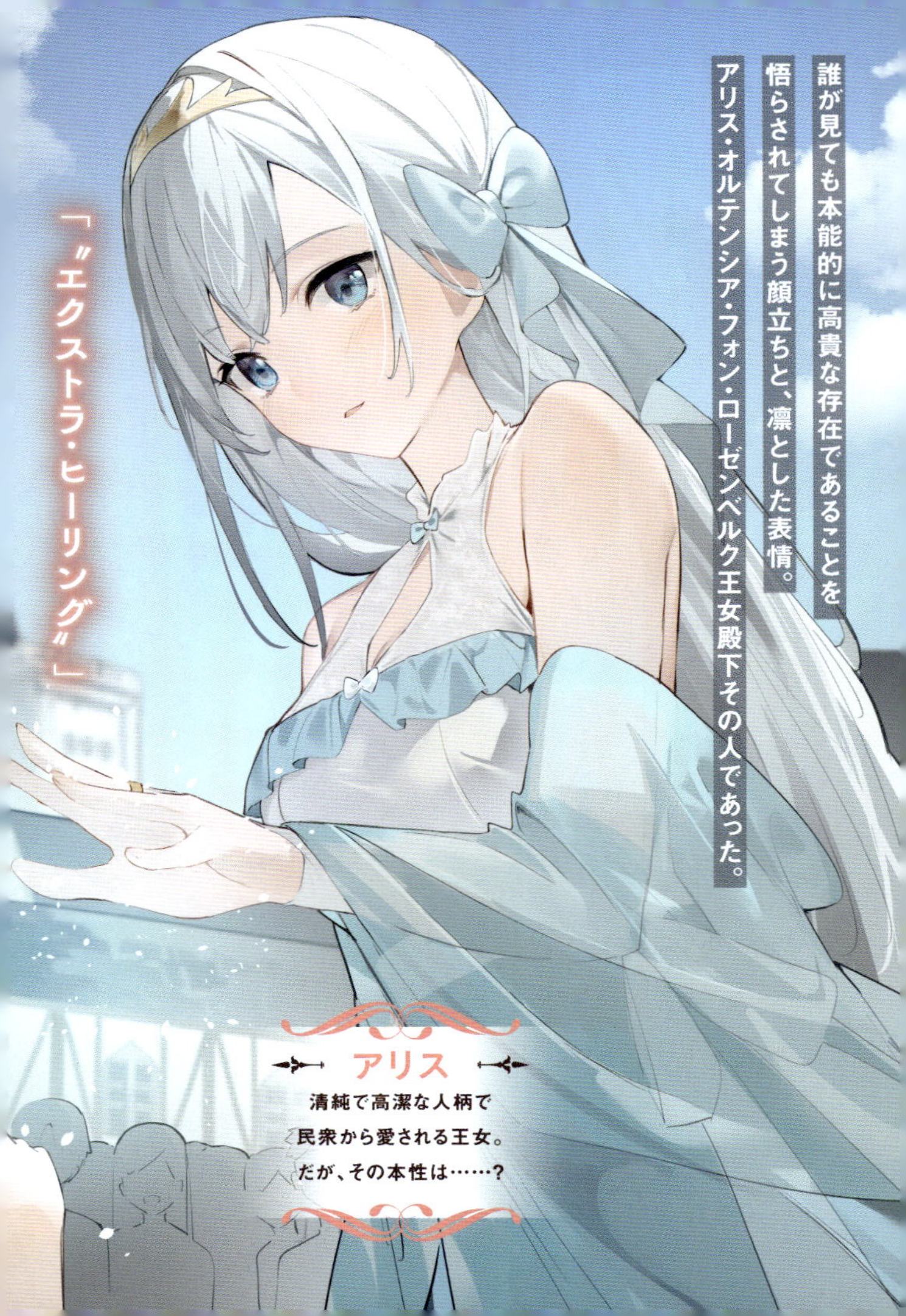
誰が見ても本能的に高貴な存在であることを
悟らされてしまう顔立ちと、凛とした表情。
アリス・オルテンシア・フォン・ローゼンベルク王女殿下その人であった。
「〝エクストラ・ヒーリング〟」
アリス
清純で高潔な人柄で
民衆から愛される王女。
だが、その本性は……？

かなりの魔力を使ってしまうだろうに
王女はそれをためらいなく
見知らぬ少女のために使っていた。
マグヌス
優秀な錬金術師。
しかし、ある事件により
変態錬金術師として
名を馳せてしまう。
彼女とは関わりのない
人生を送るのだろうな……と
思いつつ、安宿を探すのだった。

「はぁ❤　すごいですっ……
手で叩かれるよりも
もっと強くマグヌスさんを
感じられますっ❤」

吐息が荒くなり、
柔らかいお尻を小刻みに
震わせている彼女を見ると、
余計にいけないことをしている
気持ちになってしまう。

「お二人が、私たちのことを
調べているという
冒険者の方々ですね？」

彼女は侵入者である俺たちにも
柔和な笑みを絶やさない。
それを見ているとまるで俺たちが
賓客であったような気すらしてくる。
レスティア
王国で急速に信者を増やしている
謎の宗教“聖母教”のシスター。
はたしてその目的とは……。

C O N T E N T S

MITSUMASA SHIRASAWA and TOUCHI PRESENTS

王女様のおしおき係

～セクハラ疑惑で失脚したらなぜか変態王女のご主人様になったんだが～

白澤光政

講談社ラノベ文庫

口絵・本文イラスト／とうち
デザイン／ＡＦＴＥＲＧＬＯＷ

第一章　変態王女とおしおき

「よし……！　ようやく出来たぞ！」

「さすが師匠！」

俺が大鍋で調合を終えると、隣からも感心の声が上がる。

ここ数ヵ月、ずっと苦心していた薬がついに完成して感無量だ。作り始めた時は暑かったのに、いつの間にか吐く息は白くなっている。

「いやいや、確かに俺が最後の調合を行ったが、それもこれもウェンディが稀少《きしょう》な素材を集めてきてくれたおかげだ」

俺は隣に立つ弟子に向かって本心から感謝を述べる。

俺は錬金術師のマグヌス。ここローゼンベルク聖王国にて様々な幸運があって錬金術の能力を発揮し、二年前に弱冠十八歳にして工房を開くことを許されている。

錬金術というのは無限に近い回数の調合や錬成を行い、その失敗や成功を積み重ねて調合や錬成の精度を高めていく学問だ。だから本来は俺のような若輩が工房を開くほどの腕に至ることは難しい。

しかし俺は錬金術と魔術を組み合わせ、〝簡易調合〟〝簡易錬成〟の魔法を使うことで一回一回の調合と錬成をほぼ瞬間的に行うことが出来るようになった。それにより他の人よりはるかに効率的に経験を積むことが出来たのだが……まあその辺の話は今はいいだろう。

「ははっ、まあ私は剣技しか取り柄がありませんから」

そう言って照れた様子を見せたのが唯一の弟子のウェンディだ。ブロンドのきれいな髪に活発で勝気そうな瞳、高い身長にすらっとしたきれいな体つき。錬金術師の弟子にはもったいないほどの美貌だ。年齢は俺の一つ下で、幼いころに剣技を習っていたらしく、素材集めに重宝している。

「よし、じゃあ早速この薬を届けに行こう！」

「はい！」

今回俺が調合を依頼されたのは、全身が少しずつ石化していくという難病の薬。当然そんな病気はほとんど報告されておらず、どのような成分が効くのかすらよく分からない。普通なら諦められるところだったが、少女がたまたまワールドウッド伯爵という貴族の娘だったことから伯爵がどうしてもと俺に依頼をしてきたという訳だ。

そこで俺はここ半年、〝簡易調合〟の力を使って様々な薬を試し、少しでも効果のあった素材を分析し、また調合を繰り返し、ついにこの薬が出来上がった訳である。

俺たちが依頼主であるワールドウッド家に馬車で向かうと、遠目に屋敷《やしき》が見えた瞬間にがらがらと門が開き、慌てた様子でワールドウッド伯爵が走り出てくる。

「マグヌス殿、薬が出来たのですか⁉」

「あ、ああ」

俺が頷《うなず》くと伯爵はまるで執事のように、門の前でうやうやしく頭を下げて出迎えた。

これまで治療されたことがなかった石化病を治せる薬を調合したのだから感謝されるだろうとはいえ、普段偉そうにしている貴族がここまで下手に出てくると戸惑ってしまう。

「さ、早くこちらへ」

そんな俺たちを伯爵は居ても立ってもいられないという風に娘の寝室へ案内するのだった。


中に入ると、病室のような殺風景な部屋の中央にベッドがあり娘が寝ている。名はレイナというそうだ。遠目に見ればただ寝ているだけだが、布団をかけられている首から下はほとんど石化している。最初は俺たちと言葉をかわすことも出来たが、病気の進行のせいだろう、ここ一ヵ月は意識を失ったままだった。

薬の調合はレイナの石化との競争であり、最後の方はかなり焦燥したが、こうして無事間に合って良かった。

「さあ、これを」

俺はそんな彼女の口を開くと用意した薬を、咳込《せきこ》まないように慎重に飲ませる。

これまでの検証を踏まえればこれで絶対治るはず。

実験での確信はあっても、いざ本人を目の前にするとどうしても緊張してしまう。それは伯爵もウェンディも同じようで、俺たちの間に緊張が走った。

そんな中、レイナのすっかりやつれたのどがごくごくと薬を飲みこんでいく。

しばらくして。

「んん………」

それまでずっと沈黙していた彼女の口からかすかな吐息が漏れる。

「レイナ⁉　レイナ⁉」

それを見て叫びながら娘に駆け寄って体を揺する伯爵。

最初は吐息やうめき声ばかりのレイナだったが、しばらく揺すられているうちにレイナの反応は大きくなり、やがて目を覚ました。

「あれ……？　お父さん……？」

「レイナ、レイナぁぁぁぁぁぁ‼」

「お父さん‼」

一ヵ月ぶりに目を覚ました少女の上に覆いかぶさる伯爵。

そんな父親を見て驚愕《きょうがく》から徐々に喜びに表情を染めていく娘。

それを見て俺はウェンディと目を合わせ、調合成功を喜ぶのだった。


それからしばらくして。父娘《おやこ》水入らずを邪魔しないようにと別室にいた俺たちの元に、涙で目を赤くした伯爵がやってくる。

「いやぁ、このたびは本当にありがとうございました。このご恩は絶対に忘れません」

「いえ、こちらこそお役に立てて良かったです」

「では早速お礼なのですが……」

「五千ゴールドで」

「「え?」」

俺が金額を告げると伯爵だけでなく、なぜか隣にいるウェンディからも困惑の声が上がる。

王都の平均的な庶民が稼ぐお金が年三百ゴールドほど。

今回薬を調合するのにかかった材料費や工房の維持費、それに俺たちの半年分の給料を含めた上で、難病の薬ということで少し色をつけた金額だから、そんなにおかしなことはないはずなのだが。

しばしの間気まずい沈黙が流れ、やがて伯爵が取り繕うように言う。

「あ、いえ、五千ゴールドでいいのでしたら大丈夫です！　現金でも小切手でもお好きなように用意しましょう！」

が、彼が言い終えた時だった。

「師匠！」

ウェンディが小声でささやくと部屋の外を指さす。なにやら話があるらしい、と悟った俺は「少し失礼いたします」と言って廊下に出た。

一体何だ、と思っているとウェンディがありえない、という表情で叫ぶ。

「ちょっと師匠、せっかく伯爵家の御令嬢を助けたのにどうして五千で済ませるんですか⁉　伯爵だってもっと出してもいい、と絶対思ってくださっているはずです！」

確かに五千ゴールドというのは俺からすれば適正な料金だが、ワールドウッド家の財力を考えれば、一人娘の治療代はその何倍でも出せるはず……というのは分かる。実際伯爵が戸惑っていたのも、提示された金額が思ったよりも安かったからだろう。

とはいえそれには俺のポリシーがあった。

「でもあんまり大金をとって、お金のない人が依頼しづらくなっても困るだろう？」

さすがに今回のような難病はそうそうないが、世の中には市販薬で治らない病気も数多くある。そして必ずしも裕福な人ばかりが難病になるとは限らない。俺としてはそういう人たちのことも助けたいのだが……。

それを聞いてウェンディはさらに不満げな表情になった。

「いや、そんな安い依頼は受けなくていいじゃないですか！　報酬が安いってことは私たちの給料も安いってことですよ⁉」

とはいえ五千ゴールドだって十分な大金だし、そこから支払われる給料も一般的な錬金術師の弟子としてはかなりいい方だろう。いくら貴族令嬢の命を救ったからといってふっかけるつもりはないし、それにウェンディの言い方も不愉快だった。

「おい、安いか高いかは重要じゃないだろ。平民だって困ってる人は困ってるんだ」

「だ、だったらなおさらとれる時にとっておきましょうよ！」

「相手によって金額を変えるのはフェアじゃないだろ。それにお前には契約で決めた給料は出してるし、その範囲でボーナスは出すつもりだ」

「そんな……」

ウェンディの表情が絶望に染まっていく。そう言えばウェンディは最近は妙に散財していたようだが、もしかしてもっと大金がもらえると思っていたのだろうか？

少し申し訳なくは思うが、俺は自分の思想を曲げるつもりはない。そう決意して戻ろうとすると……。

「大体、そんなにたくさんのお金、何に使ってるんだ？」

「……」

なぜか顔を赤らめ、恥ずかしそうに黙り込むウェンディ。

「言えないってことはもしかして違法なことに……」

「違います！　豊胸ブラとか、育乳グッズです！　特に巨乳薬の調合にはお金がかかるんです！」

そう言えば彼女は自分の体型について悩んでいるというようなことを言っていた。俺からすればそれだけの美貌があるだけで十分恵まれていると思うのだが、まさかそこまで悩んでいたなんて。

「いや、それ絶対騙《だま》されてるだろ。病気や呪いを治す薬よりも、自分の身体《からだ》を強化する薬の方が何倍も難しいって言ってるだろ？」

「そうやっていつもいつも正論ばかり……。正論じゃ胸は大きくならないんですよ⁉」

「悪いけどそれは現実を見てもらうしか……」

「他人事《ひとごと》だからって……。まあ今までもずっとこうだったし、ある意味予想通りではありましたね」

不意にウェンディがぼそりと何かを呟《つぶや》く。

「どうした急に」

「今までありがとうございました、師匠。それを聞いて私もふんぎりがつきました」

「お、おい、何を言ってる⁉」

何というか、突然ウェンディの雰囲気が変わったような気がする。それまでのちょっと変わったところはありながらも忠実な弟子だった彼女とは違う、別の何かに。

困惑していると、ウェンディはすっと俺の身体を摑《つか》んで引き寄せる。

「うわっ⁉」

完全に不意を衝《つ》かれて思わず体勢を崩してしまい、俺はウェンディに覆いかぶさるように倒れる。

そして。

「きゃああああああああああっ⁉⁉」

ウェンディの甲高い悲鳴が屋敷に響いた。

しまった、と思ったが咄嗟《とっさ》のことに俺は身体がうまく動かない。その隙にウェンディは俺の手を掴むと彼女の胸の上に載せる。

「ど、どうした⁉」

すぐにドアが開いて部屋から伯爵が出てくる。

今やってきた伯爵から見れば、俺がウェンディに覆いかぶさり、彼女が悲鳴をあげているという光景しか見えないだろう。

「こ、これは一体……⁉」

「や、やめてください師匠！」

すかさずウェンディが叫ぶ。彼女のつたない演技力によるたどたどしい棒読みも、むしろ本心から動揺しているように聞こえてくる。

これはどう見ても俺を陥れようとしているようにしか思えないが……一体なぜこんなことを⁉　突然の状況に思考がまるでついていかない。

「ち、違う、これは事故なんです！」

俺は夢中で叫びながら、助けを求めるように伯爵を見る。突然こんなことをされたのはショックだが、伯爵ならこんな茶番を信じたりはしないだろう。何せ俺は半年間、難病と言われていたレイナの治療に専念し、そしてそれを成功させたのだから。

「今だって、こうやって私の胸の感触を楽しんで……あんっ」

「いや、お前の平らな胸じゃ楽しくなっ……痛っ⁉」

俺に押し倒された姿勢のまま器用にヒールで俺の足を踏むウェンディ。

どう考えても俺が被害者じゃないか。

「い、いや、何かの間違いではないか⁉　マグヌス殿がこんなことをするなんて……」

そんな思いが伝わったのか、伯爵は困ったようにウェンディを見る。

そうだ、と思った瞬間ウェンディが俺にだけ見えるようににやりと笑う。

そしてすぐに神妙な表情に戻ると言った。

「実は……今まではこんなことを言って、治療に差し障りがあったら困ると思って黙っていたのですが……師匠は本当はとんでもない男なんです！」

「何を言ってるんだ？　彼はレイナの命の恩人……」

「今までは言えませんでしたが……師匠は本当はすごく性欲が強く、このようにたくさんの女性に手を出していたのです！」

「今のはお前が押し倒させただろ！」

「そうだ、きっと何かの間違いだ！」

伯爵は俺とウェンディを見比べながら、自身に言い聞かせるように言う。

これなら時間をかけて説明すれば、と思った時だった。

ウェンディが勝ち誇ったように叫ぶ。

「間違いなどではありません……。師匠は伯爵様がいない時、こっそりレイナ様の身体に触っていたんです！」

「な、何だと⁉」

それを聞いて伯爵の表情が急変する。

しまった！

伯爵は基本的にはいい人なのだがかなりの親馬鹿であり、レイナのことを持ち出されればすぐに冷静さを失ってしまうところがあった。

彼の表情は見るまに豹変《ひょうへん》し、ぎろりと俺を睨《にら》みつける。

「わしのかわいいレイナに何ということをしてくれたのだ⁉」

「嘘《うそ》です！　俺はそんなことをしたことがない！」

俺が叫ぶと、伯爵は怒りながらもわずかに逡巡《しゅんじゅん》する。やはり彼は貴族。人の上に立つものだけあって言いがかりを鵜呑《うの》みにするようなことはないだろう……と思っていると。

「それに伯爵閣下、もっと決定的な証拠があります」

ウェンディは自信満々に言う。

証拠も何もすべてが濡《ぬ》れ衣《ぎぬ》だというのに一体どういうことだ？　俺が疑問に思っていると、何だ何だと伯爵家の使用人が集まってくる。このままだとまずいことになるが……しかし全てが嘘である以上証拠なんてないはずだ。ここでウェンディが下手な嘘をついたり、もしくは捏造《ねつぞう》した物を出したりすれば逆にこいつが嘘をついていることが示せる、と思っていると。

おもむろにウェンディは懐から一冊の薄い本を取り出した。

きちんと製本されたものではなく、いかにも手で製本したと思われる装丁のものだ。

ウェンディはそれを周囲にかざしながら俺の方を向き、勝ち誇ったように言う。

「師匠、あなたは先日ひそかにこれを買いましたね？」

「そ、それは……」

ウェンディが取り出した本を見て俺は顔面蒼白《そうはく》になる。

そう、確かにそれは先日俺が人目を忍んで買った『マクダエル王女恥辱のおしおき』そのものであった。

「一体何だそれは⁉」

伯爵はウェンディの手からひったくるように本を奪い取る。そして数ページめくるなり顔面が真っ赤になっていった。

「これは……この本のヒロインはレイナにそっくりではないか！　しかも縄で縛ったり鞭《むち》で叩《たた》いたりと過激なプレイばかり……！　お前がこの本を買ったというのは間違いないのだな⁉」

まずい、これを見れば確かに俺がレイナのような容姿の女性にサディスティックなことをするのが趣味の変態男だと思われてしまう！

確かにその本は俺が買ったものだが、決してそれが俺の性癖という訳ではなく、ただ何となく普段と違うものを読んでみようと思って買って、やっぱり違うってなっただけなのに……。

「は、はい、ですが……それはあくまで一時の気の迷いで読んでただけで……」

「うるさい黙れ！　犯罪者は皆そのように言うのだ！」

「違うんです、聞いてください！」

「声を聞くのも汚らわしい！　レイナのことをこんな邪《よこしま》な目で見ていたとは！」

「いえ、あくまでこれはフィクションとして……」

が、怒り心頭の伯爵の耳に俺の弁明は入らない。

彼は顔を真っ赤にして言う。

「貴様ぁ……！　レイナの命を救ってくれたことに免じて、このことは黙っていてやる！　だがもう二度とわしの前に現れるな！」

「っ……」

これ以上この場に留まれば袋叩きに遭いかねない。

俺は逃げるようにその場を脱出したのだった。

その後の顚末《てんまつ》は酷《ひど》かった。

俺が工房に戻って間もなく、〝女弟子をアブノーマルなプレイで犯そうとしたエロ本集めが趣味の変態鬼畜錬金術師〟という噂《うわさ》がまことしやかにささやかれた。恐らくレイナに触った云々《うんぬん》は伯爵の逆鱗《げきりん》に触れるからだろう、噂はもっぱら俺の変態性に焦点が当てられていた。

普通ならそのような根も葉もない噂はすぐに消えるはずだった。しかし都合の悪いことに十八歳で工房を開いた俺を妬む錬金術師は多かった。そのため噂は消えるどころか、〝サディスティックなプレイが好きで、工房の書架はほとんどがその類のエロ本〟〝女弟子が何か粗相をするたびにおしおきと称して尻を叩いていた〟〝これまでも依頼主の屋敷で弟子と卑猥《ひわい》な行為を繰り返していた〟などと噂は次々に増えていく。エロ本は工房ではなく私室にしか置いてないし、ウェンディにはあの事件まで触れたことすらなかったのに！

まさか世間に流れている噂がここまで適当なものだったとは。

こうして俺は〝新進気鋭の錬金術師〟から〝変態鬼畜錬金術師〟に転落した。

貴族からも平民からも調合を頼まれることはなくなり、工房には石を投げられたり落書きされたりと嫌がらせも相次いだ。

どうしようもなくなった俺は工房を出ていくことを余儀なくされた。こんなことが許されるのかという思いはあったが、冷静に考えれば嫉妬や謀略で濡れ衣を着せられ失脚というのは王宮や教会でも時々聞く話だ。そして失脚した人物が噂を払拭して返り咲くのはかなり難しい。

そう悟った俺は工房を去り、王都へ向かうことにした。噂だけは有名になってしまったが、幸い顔が知れ渡っている訳ではない。髪を短く切り、錬金術師のローブから旅装束に着替えればすぐにただの旅人になってしまう。工房がなくても錬金や調合の技術はあるし、これでも昔は素材を集めるため自分で危険な魔物と戦うことも多かったから、食うには困らないだろう。


王都に入ると周囲は様々な人で満ち、活気に溢《あふ》れている。道行く人はみな自分のことで忙しく、すれ違う人のことなど気にも留《と》めない。ここなら正体がばれることもないだろう、と安堵《あんど》しつつ歩いていくとふと前方に人だかりが出来ているのが目に入る。

特に目的もなかった俺は気の向くままにそちらへ歩いていった。そして中央から聞こえてくる声に耳を澄ます。

「お願いします、この娘が重い病気なんです！」

「うるさい、だからといってこんなことが許されるか無礼者！」

「うわあああんっ‼」

背伸びして覗《のぞ》いてみると、そこには懇願する母親らしき女性とそんな彼女を追い払おうとする兵士、そしてそれを見て泣きじゃくる、見るからに顔色の悪い娘がいた。そんな彼女らの奥には一台の立派な馬車が停《と》まっていて、そこにはローゼンベルク王家の紋章が刻印されていた。

「お願いします、王女殿下は魔術の天才でどのような病も癒《いや》せると聞きました！」

そう言われて俺は心が少し痛む。俺が工房にいた時なら彼女を治す薬を調合出来たかもしれないのに。

「だからっていきなり押しかけてくるな！」

「しかし教会でも匙《さじ》を投げられてしまい……」

「うるさい！」

そう叫ぶと兵士は力ずくで女性と子供を追い払おうとする。

するとばたりという音がして、それまで閉ざされていた馬車の戸が開いた。

「一体何事でしょうか……？」

「おぉ……!!」

中から出てきた女性の姿に、周囲の人だかりから思わず歓声が上がる。

ローゼンベルク王家の象徴である輝くような長い銀色の髪。

雪のように白い肌に、宝石のような美しい碧《あお》い瞳。

誰が見ても本能的に高貴な存在であることを悟らされてしまう顔立ちと、凜《りん》とした表情。

そしてそんな彼女の美しさをさらに引き立てるような高価な生地で作られた水色のドレス。

その姿は王都で暮らす民なら誰でも一度は目にしたことがある、アリス・オルテンシア・フォン・ローゼンベルク王女殿下その人であった。俺も二年前に工房を開くときに王宮で謁見したことがあったが、その時よりもさらに美しく成長している。そんな彼女の姿にそれまでざわざわしていた野次馬もしんと静まり返る。

だが彼女の本領は容姿の秀麗さではない。十八という若年でありながら政務を滞りなく捌《さば》き、社交の場では他国の使節や老獪《ろうかい》な貴族相手に笑顔を絶やさずそつなく立ち回り、魔術の才能まであるという期待の王女だった。さらに一般的な貴族や王族が庶民のことを税を払う駒のように扱うのとは違い、平民にも平等に接してくれるという評判もある。だからこそこの子供を連れた女性は一縷《いちる》の望みをかけてこのような手段に出たのだろう。

「お心を煩わせてしまい申し訳ありません王女殿下！　この者が馬車にしがみついて娘を治せとわめきたてるもので……今追い払いますから！」

「いえ、それには及びません」

そう言って彼女は馬車を降りると、哀訴する女性といつの間にか泣《な》き止《や》んでいた少女の前に立つ。

「万病を癒せ……〝エクストラ・ヒーリング〟」

王女がそう唱えた瞬間、彼女の身体からきらめくような光の魔力が溢れ出す。

〝エクストラ・ヒーリング〟というのは治癒系の中でも最上位の魔法であり、ほとんどの病気を癒すことが出来る。すごい魔法である反面、かなりの魔力を使ってしまうだろうに王女はそれをためらいなく見知らぬ少女のために使っていた。

やがて魔力が消えていくと、土気色の顔だった少女の顔色は完全に生気を取り戻していた。

「あ、ありがとうございます殿下！」

それを見た母親は地面に頭をこすりつけて謝意を伝える。

「いいのです、あくまで私に出来ることをしただけですので。ですが、今後は出来るだけ兵士の方を困らせるようなことは控えていただけると助かります」

そう言って彼女はさっさと馬車に戻っていく。

それを見て周囲からは大歓声が上がった。

「さすがアリス殿下！　こんな難しい魔法をあっさり使うなんて！」

「いや、そんなことより王族なのに俺たち市民のことを助けてくださる心の美しさの方がすごい！」

「しかもあんな美少女だぞ⁉　ああ、こんな間近で見られただけで人生の幸運を使い果たしてしまったかもしれない！」

……などと群衆は誰も彼も王女について盛り上がっている。

それを見て俺は内心ため息をついた。

少し前の俺ならまだしも、今の俺はあんな美しくて清楚《せいそ》な王女には似つかわしくない卑猥な噂まみれになっている。きっと俺もここにいる庶民と同じように、彼女とは関わりのない人生を送るのだろうな……と思いつつ、安宿を探すのだった。

「はぁ、これからどうしよう……」

王都に来てからどれぐらい経《た》っただろうか。気が付くと冬は明け、気温は暖かくなってきている。だが俺は毎日のように一人で安宿の壁を見つめてぼーっとしていた。

工房を失ってもそれまで培ってきた技術があれば何かの仕事は出来るはず、と思っても身体に力が入らない。どうやらそれなりに目をかけていたつもりのウェンディに裏切られたのがよほどショックだったようだ。

コンコン

そんなある日のこと、不意に宿のドアが叩かれる。これまで来客なんて全くなかったのでついびくりとしてしまう。

「は、はい」

「えっと……マイクさんですか？」

俺の偽名を呼んだのは宿の娘のようだった。

「ああ、そうだが」

「実はお客様が来ていまして……」

そう聞いて反射的に俺は工房にいた時に受けた嫌がらせを思い出す。ついには刺客まで送られたか、と思ったが刺客が宿屋の娘に取り次がせることはないだろう。それに彼らは〝十八歳で工房を開き、名声を持っている新進気鋭の錬金術師〟に嫉妬しているのであり、地位も名声も失くした俺にそこまでするとも思えない。

「名前は聞いているか？」

「アリシア、という女性の方のようで」

「はぁ」

そんな知り合いはいないし、そもそも知り合いだとしても俺が偽名を使って過ごしていることを教えていない。

マイクもアリシアもよくある名前だし、もしかして別のマイクさんと間違えているのだろうか？　だとしたら一度顔を見ればすぐに分かるだろう。

「まあ人違いな気がするが……どうぞ」

「はい」

頷くと、すぐに廊下から足音が聞こえ再び部屋がノックされる。

「失礼いたします、アリシアです」

ん？　この澄み渡る声、どこかで聞いたことのあるような……？

でもこんなきれいな声の知り合いなんていたっけな？

「どうぞ」

疑問に思いつつもそう言うとガチャリとドアが開き、マントに身を包みフードを目深にかぶった人影が入ってくる。背格好と声からすると少し年下の少女だろうか？　やはりどこかで見たことがあるような……。

そして彼女はドアを閉め、フードをとった。

その下から現れた顔を見て俺は目を疑う。

「えっ……」

フードからこぼれ落ちる、輝くような長い銀色の髪。

透き通るような碧い瞳に絵画から出てきたような美貌は王都に来た時に見かけたアリス王女殿下に瓜二《うりふた》つだった。何より彼女の纏《まと》う高貴で清廉な雰囲気までそっくりだ。そりゃあ見たことだってあるはずだが……いやいやいや、ありえない！　王女殿下が街中ならまだしもこんな安宿に来るなんて。

「ふぅ、やはり姿を隠して外に出るのは緊張しますね」

俺が絶句しているのにお構いなく、彼女は鈴の鳴るような美しい声でそう言うと、羽織っていたマントを脱ぐ。するとその下からはその美しい顔立ちによく似合うかわいらしい水色のドレスと、雪のように白い手足が姿を見せた。間近で見るとスタイルも良く、すらりとした体型なのに服の上からでも分かるほどの胸の膨みについ目が行ってしまう。

「あっ、えっ、えーっと……」

あまりの事態に俺は何も言えなくなってしまう。

誰でも泊まれるような安宿に、国で一番高貴な存在である王族。

そういえば罪を着せられた時も咄嗟の事態に気が動転したせいでうまく言い返せなかったんだ、などと過ぎたことを思い出しているとふと彼女がこちらを見る。

「そんなに私をじっと見つめてどうしましたか？」

「い、いえっ、すっごくおきれいだなって……」

しまった、いくら美しいからってそんなにじろじろ見つめてしまっていたなんて。

「そ、そうでしょうか……？」

が、彼女、アリス殿下は少し照れたように白い頬を赤らめる。

その反応に俺は少しだけ驚く。こんなにきれいな方なら、この程度の誉《ほ》め言葉は言われ慣れてる気がするんだが。

「こほん、それよりもやはりあなたがマグヌスさんだったのですね」

なぜばれたのか、と思ったが王女殿下が本当に俺を探していたということに比べればどうでもいい。

「い、いかにもそうですが……」

「やっとお会い出来ましたね」

彼女は俺の顔を見てうれしそうに言う。

「ずっとお会いしたいと思ってはいたのですが、例の噂を聞いてから我慢出来なくなってしまいまして。でもまさか偽名まで使っているとは！」

あの噂を聞いて随分探した……？

ろくでもない噂ばかり流れていたと思うが、もしかして俺を断罪しに来たのか⁉

「い、一応確認しておきますが、一体どんな噂だったのでしょうか？」

「ええ、噂によると、女弟子におしおきと称して卑猥なことをしていたが我慢の限界を迎えてアブノーマルな性癖を暴露され、工房を去ることになってしまったとか。あなたのような若い才能がこのようなことになってしまうのは王国としてとても残念なことです」

さすが王女殿下、世俗の噂に惑わされず俺を評価してくださるなんて……と言いかけたところで俺はふと気づく。

いかにも同情してくれている雰囲気だが、今の発言を聞く限り彼女の中では俺は噂通りのことをやったということになっているのだろうか？　というかこんな美しい王女様の耳にまであんな下品な噂が届いてしまっているのか？　だとしたら今ここで首を吊《つ》りたいぐらいの恥ずかしさなんだが。

「もう、そういうのがお好きなのでしたら早く教えてくだされば良かったのに……こほん、私としては才能ある方がこのような状況に陥っているのをこれ以上放ってはおけないのです！」

アリス殿下はとても熱のこもった口調で話してくれる。

ありがたい言葉、捨てる神あれば拾う神ありと言うが、まるで砂漠で出会ったオアシスのようだ。

とはいえ俺としては彼女に誤解されているのをこれ以上放ってはおけない。

「あの、殿下、ありがたいお言葉の後にとても言いづらいのですが……」

「はい、何でしょう？」

「その噂は全部嘘で、性癖は健全ですし、自分の弟子に、いえ弟子以外の女性にも手を出したことはありません！　全ては弟子が私を陥れるために仕組んだことなんです！」

俺がそう言うとなぜか殿下はきょとんとした様子で首をかしげる。

「ん？　なぜそのような謙遜をなさるのですか？」

「え？」

今聞き間違えじゃなければ「謙遜」って言ったか？

俺が知らないだけで、高貴な人の間では「謙遜」に別の意味があるのだろうか？

俺が困惑していると、彼女も困惑したように言う。

「悪事や粗相をした弟子に折檻《せっかん》をする……師匠としてあるべき行為ではないですか」

なるほど、噂をそんな風に好意的に解釈してくれたのか。でも嘘なんだよな……と思った次の瞬間。

「私もあなたのような立派な殿方に折檻されることに憧れていましたよ？」

「ん？」

「え？」

俺が首をかしげると、殿下も首をかしげる。

今何か、殿下の口から変な言葉が飛び出したような……いや、落ち着け。殿下がそんな変なことを言うはずがない。そういう風に聞こえるのはきっと俺の心が汚いからだ。

「えっと、それは王族でも間違ったことをすれば身分の分け隔てなく指摘して欲しい、ということですよね？」

「その通りです」

良かった、先ほど一瞬頭によぎったことはどうやら俺の思い過ごしだったようだ。

「ですから私をあなたの弟子にして欲しいのです」

「ん？」

だめだ、彼女の話についていけない。もしかして俺の頭の回転が遅いせいなのだろうか？

澄ました顔で話している殿下を見ていると俺の脳に問題があるような気がしてしまう。

「あっ、そうでしたね。今はそういう方はとってないのでしたっけ。弟子がだめなら雑用を行う使用人でも構いません！」

そして確かに俺は工房を失った今は弟子はとってないが、そういう問題ではない。

「そうではなく、一体なぜ私の弟子に？」

「だってその方だけマグヌスさんとずっと一緒にいたなんてずるいじゃないですか！　しかも聞くところによると、あなたは弟子に粗相があれば縄で縛り上げ鞭《むち》打《う》って叱責していたそうですよね？」

「してません！」

ウェンディに着せられた濡れ衣と『マクダエル王女恥辱のおしおき』の内容が混ざり合って大変なことになっている！　仮にそんなことを本当にしていたら失脚しても何の文句も言えない！　そして殿下にはこんなに美しい姿でそんなことを口にしないで欲しい。

「さっきだって、私のことを叩き甲斐《がい》があるきれいな身体だって……」

「言ってません！」

何できれいだって言っただけでそんな解釈になるんだ？

だめだ、さっきから殿下の言っていることがまるで意味が分からない。

根本的に事実を誤解されているというのはさておき、誤解とは別に彼女からちょくちょく王女らしからぬ発言が漏れ出ているような……。

「とにかく、それは全部嘘なんです！　そこからスタートしてください！」

「でもアブノーマルな書物を所持していた証拠があると聞きましたが？」

「うっ……いや、でもそれ以外は全部嘘です！」

くそ、そこだけ事実が混ざっているせいで「全部嘘」という発言に説得力が出ない。

「私はそういうの、男らしくて素敵だと思いますよ？　それにその、王女物というのもなかなか……」

うっとりとした表情でそんなことを口走る殿下。

まずい、よりにもよって王女様に王女物の本を読んでいたことがばれるなんて。

「大体、こんなところに一人で来たり、弟子になるとおっしゃったり、王族としてそのようなことは許されないのでは？」

噂が嘘であるということの説明を諦めた俺は、別の方向からのアプローチを試みる。このままこれ以上彼女と話していると頭がおかしくなりそうだ。

「もちろん、本来であれば問題のあることです。ですが、我がローゼンベルク王家には〝平衣《へいい》の修行〟というしきたりがあります」

「そう言えばそういうのもありましたね」

〝平衣の修行〟というのはローゼンベルク聖王国を建国した、〝始祖聖王〟グレゴリオスに由来するしきたりである。

古い伝承によると数百年前、ローゼンベルク聖王国が建国される前のこの地は邪神が支配していた。邪神により人々は虐げられ、塗炭の苦しみを味わっていたが、そんな中立ち上がる者がいた。彼こそが〝始祖聖王〟グレゴリオス・ローゼンベルクである。グレゴリオスは当時力を失っていた〝聖なる神〟アルテミアの啓示を受けて邪神に挑むが破れ、アルテミアの加護でどうにか一命をとりとめる。その後彼は自分の力を鍛えるため一年にわたり平民に交ざって修行をした。時には農夫とともに畑を耕し、時には手ずから道行く人に野菜を売ったこともあったという。

その努力が実り、一年後彼の持っていた剣が聖なる輝きを纏い聖剣となる。聖剣を手に入れた彼は三日三晩にわたる戦いの末邪神を打ち倒し、聖なる神の加護を受けたローゼンベルク聖王国を建国する……というのが伝承である。

そのため、王族では始祖に倣って、「一定期間平民の中で働かないと成人とは言えない」というしきたりがあった。それが〝平衣の修行〟である。

「でもあれって最近では簡略化されてたのでは？」

しきたりというのは時間が経つにつれて形式化されていくもの。

最近では成人式で申し訳程度に鍬《くわ》を握って土に振り下ろすことでそれを済ませる、という話も聞いたことがある。まあ、そもそも伝承自体が眉唾物という話もあるが。

「はい、ですが私は原則通り一年間修行を行うことを望んでいるので問題ありません」

なるほど、面倒な人は勝手に簡略化するが、殿下のように俺の弟子になりたい、というような明確な目的があれば修行を望む者もいる、と。そう言われてしまうとそれについてはこれ以上言い返すことは出来ない。

で、それは分かったが、どうして彼女は俺の弟子になりたいんだ？

いや、本当はもう分かっている。

清楚で美しく、学問が出来て魔法の才能もあり、誰にでも分け隔てなく接する。そんな雲の上の王女様の本性は……。

「困りましたね、せっかくマグヌスさんが私のような王族相手でも容赦せずおしおきしてくださる、理想の殿方になっていたと思ったのに」

「やっぱりとんでもない変態じゃないかお前は……はっ⁉」

俺の想像を裏付けるような彼女の言葉に思わず叫んでしまい、慌てて口をつぐむ。

「えっと、そうではなく、一体何をおっしゃっているんですか殿下」

慌てて言いなおすが、思わず漏れてしまった本音に彼女の頬が赤くなる。

「王族である私のことをそんなぞんざいに叱って下さるなんて」

まるで、きゅん、という音が聞こえてきそうな変わり様だ。

ああ、やっぱり彼女は本当にそういうことをされて喜ぶ変態なんだ……。

それを理解してしまった俺はどっと疲れる。

いや、疲れてる場合じゃない。こうなってしまった以上、これ以上の面倒を避けるためにさっさと彼女を追い返さなければ。

「そ、そうですか。でも困りましたね、今は工房もないし、弟子をとれる状況でもないんで」

「なるほど。ちなみにこれからどうされるおつもりだったんですか？」

「錬金術の力を使って冒険者でもしようかと」

よし、これで勝った。

なぜなら冒険者というのは魔物や盗賊といった相手と戦う危険な職業。いくら〝平衣の修行〟とはいえ王族が出来る仕事ではない。

それに仕事内容によっては長旅や野宿なども必要となる。そんなこと、箱入りのお姫様には不可能なはずだ。

が、なぜか彼女はぽんと手を叩く。

「それなら、一人ではなかなか大変なはずです。いくら優秀な錬金術師とはいえ、冒険者となれば勝手が違うでしょう。やはり仲間がいた方がいいと思うのです。幸い私は魔術の心得もあります！」

嘘だろ……？

しかし、いくら魔力があるからといって王族が自分から冒険者に志願してくるというのはおかしいだろう。俺もあまり他人のことは言えないが、そんなお試し感覚でやっていい仕事ではないはずだ。

んて。

元々色々とおかしい片鱗《へんりん》は見せていたが、まさか冒険にまでくっついてこようとするな

だがこの王女様にはそんな常識論を言っても通用しないだろう。そう、彼女は俺の弟子

になりたいと言っていた。ならそれを逆手にとってやる。

「ち、違います！　今のは見栄《みえ》を張っただけで、本当は世の中に絶望したので今までの貯

金で王都観光をしてぶらぶらしようと思っただけで、働く気などさらさらないのです！」

よし、これでどうだ。これなら〝平衣の修行〟という建前は使えない。言うまでもな

く、〝平衣の修行〟は平民と同じ仕事をするという修行であり、遊び暮らしているやつと

一緒にいても修行にはならないからだ。

だが、それを聞いた王女殿下はなぜかほっとしたように言う。

「そうですか、お暇なようなら良かったです！　ちょうどあなたに依頼があったんです」

「え？」

やはりこの人、話が通じてないんじゃないか？

が、彼女は俺の反応を全く意に介さずに続ける。

「実は最近教会の方で気がかりなことがあって、かといって下手に口を出せば教会との軋《あつ》

轢《れき》が生じるかもしれないので信頼出来る方に調査を依頼しようと思っていたのです」

何だよそれ、聞いてねえよ！

俺は心の中で激怒する。今まで散々おかしなことを言ってたのに急にまともなことを言

いやがって……。いや、もしかして仮に一緒に冒険者をする流れになっていたとしても「最初の仕事にやって欲しいことがあるんです」と言ってこの話をされていたのだろうか。どうあがいても自分の望みを達成する。そんな図々《ずうずう》しさを感じる。

それはさておき、ここローゼンベルク聖王国は、〝始祖聖王〟が〝聖なる神〟アルテミアの啓示を受けて建国した。そのため、王家と並んで教会の力が強い。最初は王家がうまく教会を統率していたが、時代が下るに従ってそれがうまくいかなくなり、今では名目上王家の方が偉いものの、実力ではどちらが上なのか分からないぐらいになっているようだ。また、最近は教会から色々と良くない噂も聞く。

そんな教会に下手に調査の手を入れれば争いの火種になるというのは俺でも想像がつくことだ。

「と言う訳で、是非あなたにこの件を調査していただきたいのです。もちろん、私もお手伝いいたします」

そう言って彼女は頭を下げる。

まさか俺の人生で、しかもあんな噂を流された後に王女殿下に頭を下げられる日が来るなんて。とはいえ彼女の要求を受け入れれば終わりだ。この頭のおかしい王女殿下と一緒に教会の闇を調査しなければならない。

だがそんなのはお断りだ。

この王女殿下、一度こうと思い込んだら他人の話は聞かないという癖に頭はいいという一番一緒にいたくない性格をしている。

それに冒険者でも諜報《ちょうほう》員でもない俺が、教会に関わるデリケートな問題の調査なんてしたくない。

ならば、と俺は彼女よりも深く頭を下げる。

「申し訳ありませんが殿下、私は今非常に傷心していて何もする気が起きません。ですから お帰り下さい！」

「そんな……！　あのマグヌスさんがそこまでおっしゃるなんて。よほど傷心しているのですね。ああ、私が癒してさしあげたいです……」

癒したいなら口を閉じてにこにこしててくれるのが一番なんだが。

実際、ずっと宿に引きこもって何もしないぐらいに落ち込んでいたので嘘ではない。というか、ほとんど間違った噂を信じている癖に「あのマグヌスさんが」なんて言われても困るんだが。

とにかく、ここで受け入れてしまえば今後彼女と一緒に教会の問題を調査しなければならない。そんな面倒な事情欲張りセットみたいなことは絶対にごめんだ。

「ですが私としても、一度このようなことを言い出した以上、王族として曲げる訳にはいきません。今帰れば私は自ら言い出した〝平衣の修行〟を投げ出したと思われてしまいます。それは王族としてとても恥ずべきことです！」

くそ、あの手この手で食い下がってきやがって……。今度は断ることに罪悪感をもたせようとしてくる。大体、さっきから恥ずかしいことは散々言ってるだろう。

が、俺はその発言を聞いて新たな活路を見出《みいだ》す。

「あの、一応聞いておきますが、〝平衣の修行〟の件は誰かの許可をとったんですか？」

「いや、それは……」

それまで歯切れ良かった彼女が初めて言葉を濁す。

まあこんなバカみたいな話に許可が出るはずがない。

「それなら今すぐ戻るべきです。恐らく王宮の皆は殿下のお帰りを待っています！」

「くっ……！　せっかくあなたが王都まで来ていると聞いて会いにきたのに……ではなく王族として一度言い出したことを曲げる訳にはいきません。言葉というのは他人に言うものではなく、本質は自分に対する約束なのです！」

何か格好いいことを言っているが、自分の欲望を満たすために適当なことを言っているようにしか聞こえない。とはいえこうして目の前に居座られてはどうすることも出来ない。下手に無理矢理王宮に連れ戻そうとしているところを見つかればどう思われるだろうか。俺が今起こったことを話しても誰かが信じてくれるとは全く思えない。今度は本当に罪に問われる可能性がある。

俺が悩みながら沈黙していると。再び彼女が口を開く。

「そうですか……。それは残念です。分かりました。でしたら一つだけお願いがあります」

「はい？」

「私のことを、『勝手に王宮から抜け出すな！』ときつくおしおきして欲しいのです。そしたら全てを諦めて王宮に戻りましょう」

「はぁぁぁぁぁぁぁぁぁ⁉」

あまりに頭のおかしい提案に俺は思わず絶叫してしまう。

言っていることがまるで分からないんだが⁉

ついに建前を捨てて自分の欲望を露《あら》わにしやがって！

「もちろん私としては一緒に冒険者のお仕事をする方が望ましいのですが……」

ここぞとばかりに畳みかけてくるアリス殿下。

訳の分からない状況に思わず頭がくらくらする。

信頼していた弟子に裏切られたと思ったら変態すぎる王女につきまとわれて俺までおかしくなっていたのだろう、気が付くと俺はうなずいてしまっていた。

「……分かりました。今から殿下を一度だけおしおきするので、そしたら満足して帰ると約束していただけますか？」

「まあ！」

俺の言葉に殿下はぱっと表情を輝かせるが、すぐに神妙な表情に戻る。

「こほん、まあそういうことであれば仕方ありません。マグヌスさんが本気でおしおきしてくださるのであれば私も王宮に戻ると、王女の名に誓って約束しましょう」

そう言いつつも王女の声は喜びが隠せていない。こんな変態の名に誓われても何も信用出来ないんだが。

そして彼女は嬉々《きき》として壁に手を突くと、ためらいなくドレスのスカートをまくり上げる。

「うわっ⁉」

フリルのついたスカートが持ち上げられ、目の前にこの国で一番尊い存在である王族の下着が現れる。高級な絹の素材で作られた下着は、今となっては彼女から全く感じられない清楚なイメージに合う白色だ。そしてその下着からは、柔らかい二つのお尻がはみ出していて、早く叩いてくださいと言わんばかりに揺れている。

本来なら見ただけで不敬罪により首を刎《は》ねられてもおかしくない光景。

それを彼女は間近で俺に見せつけてきている。

「おしおきって……ここまでするのか？」

「はい、もちろんです」

「いくらおしおきのためだからって、男の前でこんなこと……」

「男の前でって……男性なら誰でもという訳ではありませんよ？」

なぜか突然恥ずかしそうにする王女。

誰でも良くないって……もしかして俺、そんなにすごい変態だと思われてるのか？

「さあ、思い切りお願いします！　あなたが愛読していたという本の通りに！」

「いや、あれは愛読してねえよ！」

はっ⁉　目の前の光景に動揺しすぎて、つい素の口調で突っ込みを入れてしまった。目の前でスカートをまくってお尻を見せておしおきを待っているような変態に敬語を使う気になんてなれない！

「なるほど、確かに私を王族だと思っていては本気を出すことが出来ない……そう思ってあえてぞんざいな口調を使っているのですね！」

が、俺の不敬な言葉に彼女はますますうっとりした声になっていく。

「だから全然違うって言ってるだろう！　ちょっとは話を聞け！」

もうどうなってもいい。

この変態で強引で人の話を聞かないわがまま王女を叩き直してやりたい！

気が付くと俺はそんな思いで手を振り上げ、そして。

パチン！

「ひゃあああんっ‼」

甲高い音とともに俺の手が彼女の尻に当たる。その瞬間、王女の口からは悲鳴とも嬌声《きょうせい》ともつかない声が上がった。

下着越しにも分かる、柔らかいお尻の感触。叩いた瞬間に彼女が上げた痛みと喜びが混ざったような声。ああ、俺は本当にやってしまったんだ……。

「はぁ、はぁ……。さすがマグヌスさん、本当にお尻を叩いてくださるなんて！　こんなこと、ばれたら死罪になってもおかしくないのに！」

「分かってるならやらせるなよっ!!」

思わず大声で突っ込みを入れてしまう。

俺も聖人ではないから、ウェンディに裏切られてからずっと心の中で何かが鬱屈していたのだろう、目の前で興奮している変態王女を見てそれが解き放たれていく。

「弟子に裏切られて傷ついてた時にいきなりやってきて好き勝手言いやがって……この変態王女が！」

だめだ、と思いつつも一度解き放たれた衝動は止まることがなく、俺の手は彼女の柔らかいお尻に振り下ろされる。先ほどよりもさらにためらいがなくなり、勢いは増していた。

パチィィイン!!

先ほどよりもさらに大きな音が響き、

「あっ、いたっ、あああああああんっ♡」

王女の口からはうっとりしたような声が漏れた。

先ほどの声には初めての感覚への衝撃が含まれていたが、今度の声ははっきりと喜びに染まっている。

「はぁ、はぁ♡　さっきよりもさらに気持ちが入った一撃……♡　さすがですっ！」

「さすがです、じゃないっ！　この変態王女め！」

「そうです、私はお尻を叩かれて興奮してしまう変態王女ですっ♡」

はぁはぁと息を荒らげながら叫ぶ彼女を見て俺はふと我に返る。

先ほどまでは変態で話が通じないとはいえまだどうにか王女としての体裁を取り繕っていたが、今の彼女は他人にはとても見せられないまずい表情をしているし、とても他人には聞かせられないまずい言葉を叫んでいる。

もしかして俺のせいで新しい扉が開かれてしまったのか？　そう思って俺は一瞬躊躇《ちゅうちょ》するが……。

「さぁ、こんな変態王女にっ♡　もっと厳しく折檻してくださいっ♡　日頃から読んでいる書物のようにっ♡　弟子の方におしおきした時のようにっ♡」

そう言われて俺は再びカチンとくる。

そうだ、ここまで変態なのは生まれつきに決まっている。

一瞬でも自分のせいじゃないかと思った俺が馬鹿だった。

しかもそれは全部冤罪《えんざい》だって言ってるのに自分の欲望で好き勝手言いやがって……！

「だから全部冤罪だって言ってるだろ！」

パチィィインッッ‼‼

こんなに本気で叩いては日頃から暴力を振るってますと言っているようなものだが、今の俺には自分の手が抑えられなかった。

「ああっ♡　んんんんんっ♡♡　叩かれたところっ、すっごく熱くなってっ♡　じんじんしてっ♡　こんなの初めてですっ♡」

そう言って彼女はうっとりとした目で俺を見つめる。

「すごいっ！　すごいですっ！　マグヌスさんのおしおき♡　今まで王宮でどんな教育係もここまではしてくれませんでしたっ♡」

そりゃそうだろうな。

「さあ、もっと私に厳しい罰を！」

そう言って変態王女は顔を真っ赤にしてこちらを見ながら、目の前で腰をくねらせる。

もっと、もっと強く叩いて欲しいと言うように。

最初は一発叩けば満足するかもと心のどこかで思っていたが全くそんな雰囲気はない。

このままでは王族に暴力を振るうことで想定されるまずさとは別の意味でまずいことになりそうな気がする。

だが。

「噂は全部誤解だ！　俺はお前と違ってそんな変態趣味はないっ！」

俺の理性はウェンディに裏切られた時から溜《た》まっていた鬱憤に呆気《あっけ》なく敗北する。

パチィイインッッッ!!!!

「あああああああっ♡♡　やっぱりあるじゃないですかっ♡　こんな素晴らしいおしおき、誰にでも出来ることではありませんっ♡　やっぱりマグヌスさんは噂に違《たが》わぬ、いえ、噂以上の方ですっ♡♡」

くそ、さっきのはかなり本気で叩いたのに、これでもこいつを興奮させるだけだというのか？　俺は近くにあった宿のテーブルに上る。そう、単純なことだがより高いところからより勢いをつけて叩けばもっと効果は強くなるはずだ。

「何度も違うって言ってるのに……これならどうだっ！」

「あっ♡　すごいですっ♡　マグヌスさんの、更なる本気を感じますっ♡　さっきまでのも凄《すご》かったのにもっと激しくされたらっ♡　来ちゃいますっ♡　体の奥から何かが来ているようなっ……♡」

パチィイイイイイインッッッ!!!!

「あああああああああああああっ♡♡」

安宿の狭い部屋に、今までで一番大きな打擲《ちょうちゃく》音と嬌声が響き渡る。

「だめですっ、そんなに強く叩いたらっ♡　全身が熱くなってっ♡　体の奥から何かが……あれ？」

彼女が全身を震わせ、歓喜に包まれながらそう言った時だった。

突然、膨大な魔力の気配とともに彼女の体が青白い光に包まれる。それなりに魔法に詳しい俺でも見たことはない、どこか神々しさを感じさせる魔力の光。

「こ、これは……？」

それを見て俺はさすがに困惑する。

王女のお尻を叩かされるよりもさらに訳の分からない事態に遭遇するとは。

アリス殿下も最初は戸惑っていたが、やがてはっとしたように叫ぶ。

「も、もしかしてこれは、ローゼンベルク王家に伝わる聖なる魔力⁉」

「は？」

彼女の口から出た言葉に俺は困惑する。

聖なる魔力、というのは〝始祖聖王〟が〝聖なる神〟の加護を受けた剣に宿ったと言われている力だ。その聖剣を使い邪神を倒したと言われているが、それは伝承……それもかなり伝説化されている文献でしか見たことがなく、正直ただの誇張か脚色だと思っていた。それがまさか目の前で発生するなんて。しかもこんなふざけた場面で発生するなんて。

それを見て殿下は先ほどまでの興奮とは違う興奮に包まれている。

「すごいです、ここ数十年、王族ですら誰一人発現させることが出来なかった聖なる魔力が、私の体から生まれるなんて！　今なら私……」

そう言って彼女は何かの魔法を使おうとする。

が。

しゅんっ
それまでまばゆいばかりに彼女の体を包んでいた魔力は突然、すっと消えてしまった。

あの神々しさは嘘だったかのように、後にはあられもない姿をさらした王女だけが残る。

「お、おい、今のはどういうことだ⁉」

色んなことがいっぺんに起きすぎて動揺した俺はついそのままの口調で訊《き》いてしまう。

するとアリス殿下も興奮した口調で答えた。

「言った通りです！　伝承にある、始祖様が聖剣を手に入れたのと同じ力です！　ローゼンベルクの王族に代々伝わるとされていますがここ数十年は始祖様の血が薄くなっていたせいか全く発現していなかったのに、一瞬とはいえ発現したんです！」

「い、一体どうして……」

そう口にした瞬間俺は猛烈に嫌な予感に襲われる。

どうしても何も、先ほどの彼女に起こったことを考えれば仮説は一つしかない。あの光景を見れば、赤子でも全く同じ説を思いつくだろう。まあ全く検証したくない仮説ではあるが。

そして王女も同じことを考えたのだろう、嬉《うれ》しそうに笑う。

「さすがマグヌスさん、まさか私に眠っていた〝聖なる力〟を呼び起こすなんて。私が見込んだ通り……いえ、それ以上の方です！」

「違う、今のは俺とは関係なくたまたま勝手に目覚めただけで……」

「もう、何で謙遜するんですか？　あのタイミングで覚醒しかけた以上、マグヌスさんのおかげに決まってるじゃないですか！」

「……」

俺は愕然《がくぜん》として何も言えなくなる。数十年間ちらっとも発現しなかったらしい〝聖なる力〟がこんなしょうもないことで一瞬とはいえ覚醒するなんて。

「王女である私を今まで本気で叱ってくれる方はいなかったのに、あなたの手からは本気を感じました」

まあお前に抱いた怒り……というか苛立《いらだ》ちは本物だからな。

「特に最後の一撃はとても良かったです。おかげで私に眠っていた〝聖なる力〟が覚醒しかけたのでしょう」

「そうですか。それは良かったです。ではこれで……」

これ以上こんなことに付き合っていられるか！

が、彼女から離れようとするとがしっと手を掴まれてしまう。

「待ってください。王族である私の〝聖なる力〟を覚醒させかけておきながら、そのまま去っていくなんて許されませんよ？」

まあそうだよな。

もちろん、さっきの約束を盾に王宮に戻れと言うことは出来るだろう。しかしこのまま俺が彼女の元を離れるのはダイアモンドの原石をどぶに捨てるようなものだ。これまで数多くの錬金術師が再現を試みて失敗に終わったとされる始祖の聖剣。それを生み出せるかもしれない〝聖なる力〟の片鱗を目《ま》のあたりにして、錬金術師としての血が騒いでしまう。

「はい……」

くそ、よりにもよって聖なる力がこんなしょうもないことで覚醒するなんて。恐らくこいつの心の高ぶりとかに反応したんだろうが……そんなに興奮したのか。

しかもこれで俺が彼女の側にいる……だけでなく〝おしおき〟を続けなければいけない

正当な理由が出来てしまった。最悪だ……。さっきはつい怒りのあまり本気で叩いてしまったが、こいつは反省するどころか興奮していただけ。それを今後も繰り返さなければいけないなんて……。

偉業を成し遂げるには相応の代償が必要だと言われるが、〝聖なる力〟の代償がこんなことだなんて。

が、困惑する俺とは対照的に殿下は嬉々とした表情で言う。

「実は私は王都内に隠れ家を持っているんです。とりあえずそこで今後について話し合いましょう！」

「はい……」

「どうしてそんなに落ち込んでいるんですか？　このまま私の〝聖なる力〟が覚醒すれば、あなたはこの国の英雄。工房を取り戻すどころか、どんな褒美でももらえるレベルの功績だというのに」

確かに〝聖なる力〟の覚醒はそれほどの偉業だろう。

とはいえ「王女のお尻を叩いて〝聖なる力〟を覚醒させた」なんて功績で英雄になっても全く嬉しくない。そんなことになればウェンディが流した噂ですら全部本当だったと思われてしまう。

「じゃあ協力するので、俺は変態じゃないし、他人にアブノーマルなプレイなんてしてないって信じてくれませんか……？」

俺がせめて、とばかりに切り出すと王女様は満面の笑みで答える。

「何言ってるんですか？　あんなに心のこもった素晴らしいおしおきが出来る方、立派な変態鬼畜ご主人様に決まってるじゃないですかっ♡」

「……」

そうだ、今まではあの噂は99％冤罪だったがこいつのせいで、少なくともこいつには実際にやったことになってしまったんだ。本当に最悪……！

こうして鼻歌交じりの嬉しそうな王女様に連れられ、俺はどんよりとした足取りで彼女の隠れ家へと向かうのだった。

＊＊＊

「どうぞこちらへ」

アリス殿下の〝隠れ家〟は王都中心部の端の方にある少し高級な集合住宅の一室だった。

「ここは私以外誰も来ませんから楽にしていただいて構いませんよ」

「ど、どうもお邪魔します」

中は貴族の贅沢《ぜいたく》な屋敷と違い、本棚に囲まれた小ぢんまりした部屋だ。豪華な家具や装飾品はないが、柔らかいソファがあり、戸棚にはティーセットとお菓子が並んでいる。騒がしい王宮を離れて休憩や読書を楽しむにはもってこいの部屋なのかもしれない。この部屋だけ見ると先ほどの痴態は全部俺の妄想で、この部屋には物静かで上品なお姫様が暮らしているような気がしてくる。

そんなことを考えつつ室内を見まわしていると、ふと本棚の並びに違和感を覚える。そこには主に歴史書や軍記物語などが並んでいるのだが、どれも巻数が飛び飛びなのだ。

『ライメルト王国史書　～コーネリア王女の受難～』

『聖王戴冠記　～聖女ジャンヌの投獄～』

『マーチェリー叙事詩　～アビスランドの敗戦～』

というように、史書や物語の特定の巻だけがある。

そこで俺はふと気づく。もっとも、気づいてすぐに後悔したが。

「どうかしました？」

「あの、殿下……。もしかしてここにある本って全部、主人公やヒロインの女性が苦しい目に遭う作品ばかりだったりします？」

「さすがマグヌスさん。よく分かりましたね」

「やっぱりか……」

こんなに嬉しくない正解があるだろうか。

王宮の喧噪《けんそう》を逃れて静かに読書している王女様、という優雅なイメージは瞬く間に、ただ大人の目を盗んでエッチな本（歴史書や軍記物語は物によってはかなり過激な描写がある）を読んでいるエロガキにランクダウンしてしまう。

「そうです。特にこの『ライメルト王国史書』は私の魂の書籍と言っても過言ではありません。五歳の時にこの巻を読んでからずっと気になっていましたが、数年経ってようやくその気持ちの正体に気づいたのです、屈辱こそが最大の幸福だと」

「……」

あれは確か、戦いに敗れたコーネリア王女という人物が兵を借りるために貴族の元に赴き、そこで兵を借りる代わりに様々な屈辱を受けるが、それを堪えて国を再興するという感動的な話だったはずだ。ライメルト王国の人もエロ本のように扱われてはさぞご立腹だろう。

というか五歳の時からこんな変態だったのか。恐るべき王女だ。

「それから私は様々な歴史書や物語、叙事詩に目を通しました」

アリス殿下は学問に秀でていると言われているが、もしかしてエロ目的で書物を読《よ》み漁《あさ》ったせいだったのか？

「そしてたくさんの書物から心躍る巻を集めたのがこちらの本棚なのです。それから公務で疲れた時などはここに立ち寄っては〝リフレッシュ〟をしていました」

この王女が言う〝リフレッシュ〟って……。いや、これ以上考えるのはやめよう。

「でもマグヌスさんが読んでいたという『マクダエル王女恥辱のおしおき』は聞いたことがないタイトルですね。書物には詳しいつもりだったのですが……」

幸い、王宮ではしっかりとアダルトコンテンツの規制は行われているらしい。この部屋にあるのは史書や文学の類ばかりで、元からエロ目的で書かれたと思《おぼ》しき本は見当たらない。

とはいえこのままだと良くない方向にしかいかない以上、話題を元に戻そう。

「こほん、それよりも今は〝聖なる力〟の件でしたよね？」

「ああ、そうでした。その本についてはまた今度教えてくださいね」

「はい」

一生教えるつもりはないが。

「伝承によれば始祖様は自分の愛剣を、アルテミア神の力を借りて〝祝福〟することで聖剣としたそうです」

「……一応聞いておくが、グレゴリオス様は尻を叩かれて興奮して、剣に〝祝福〟の力を使ったという訳じゃないよな？」

「はい、伝承によれば邪神の脅威に震えつつもたくましく暮らす人々を見て、邪神討伐の決意を新たにしたところで力に目覚めたとか。今回の件と共通するのは大きな心の動きでしょうね」

こんな変態プレイと人々を救う決意を「大きな心の動き」でおおざっぱにひとくくりにされてきっとグレゴリオスもさぞ怒っていることだろう。

とはいえこんな力、やはり王宮でちゃんと調べてもらっては……と言いかけて気づく。

この力について説明しようとすれば、当然彼女の性癖についても暴露しなければならないだろう。そして当然、俺がこいつの尻を叩いたことも説明せざるを得なくなる。そんなことが偉い人の耳に入れば今度は処刑されても文句が言えない。

「なるほどな。何にせよ、もう少し調べてみる必要はありそうだな」

「はい！　そのためにはともに冒険者活動をして一緒に過ごすのがいいと思うんです」

まあ、俺が王宮に行って尻を叩く訳にはいかないからな。

「で、でも別に冒険者活動をする必要はないんじゃないか？」

「あ、でしたら私をこの部屋で監禁し、力が目覚めるまで様々な調教をしてくださいます？　それならそれで構いませんけど」

「仕方ない、一緒に教会の調査をすればいいんだったな？」

これ以上酷いことを言う前にさっさと話題を進めてしまおう。

「ふふっ、これで二人きりで旅に出られます」

アリス殿下は嬉しそうに何か言っているが、経緯にさえ目をつぶれば〝聖なる力〟の発現を目にするというのは極めて貴重なことではあるのだ。世界で、さらには直近数十年で、誰も見たことがない力を再び見られることには変わりない。

俺は無理矢理自分にそう言い聞かせる。

「はい、ご存じの通り、この国では王家の次に力を持っているのが〝聖なる神〟アルテミアを祀《まつ》る教会です。当初はアルテミア様の御心に添い、人々に安らぎをもたらすために活動を続けていましたが、やはり時代が経てば何事も変わってしまうというもの。いつの間にか教会も世俗の組織と同じように、金銭欲と出世欲に包まれていったのです。まあ私たち王家の人間もあまり偉そうなことは言えないのですけれども」

先ほどまで歴史書にエロを見出していたのと同一人物とは思えないような真剣な様子で語り出すアリス殿下。今の表情だけ見れば世の中の腐敗を憂う清廉な王女にしか見えない。

「とはいえ、もちろん教会でも全ての方がそのようになってしまった訳ではなく、特に辺境の方ではそれを変えようとしている方もいるようです。そしてそんな動きと関係があるのかどうかは分かりませんが、どうも最近辺境の教会でトラブルや行方不明者が相次いでいるようなのです」

「教会の偉い人に異を唱えて消されているのではないかということですか？」

俺が尋ねると、アリス殿下は少し考えてから首を横に振る。

「いえ、今のところそこまでは断定出来ません。教会はこの件はあまり大事《おおごと》にしたくないようで、あまり情報が入ってこないのです。かといって教会内部のことに王族が勝手に口を挟むのも争いの火種になるでしょう」

「なるほど」

先ほどまでとの温度差に風邪を引きそうになりながらも、俺は話を聞く。

「そこで一冒険者に過ぎないマグヌスさんと、一冒険者に過ぎない私が辺境でひっそりと調査をするということであればそこまで目立たないはずです」

「なるほど、確かに俺は冒険者としては無名。それなら目立たず調査が出来る……って、そんなうまくいくか⁉」

確かに物語では王族が平民に扮《ふん》して冒険し、権力では解決出来ない問題を解決するというのは定番の一つではある。とはいえそんなことが本当にうまくいくのか？

「はい。そもそも私は王族とはいえ、王都以外で直接私の姿を見たことがある方はいないはずです。この服装さえどうにかして、一冒険者のアリシアとして行動すれば見つからないでしょう」

いくらアリス殿下が有名人でも、噂では大雑把な容姿しか伝わらないだろう。

それなら確かに辺境では正体を隠せるかもしれない。

「それに私にはもう一つ秘策があります」

「秘策？」

「冒険者としての先輩であるマグヌスさんが、事あるごとに私に『この役立たずが！』などと言って折檻するのです。そうすれば私が王族であるとは誰も思わないでしょうっ！」

「……」

やっぱりこいつ自分の性癖のことしか考えてないじゃないか！

俺は思わずそう叫びたくなるのを懸命に我慢する。本当に、澄ました顔して何を言い出すんだ。何でよりにもよって他人が見ているところでそんな変態プレイに付き合わなきゃいけないんだ。

「あの、一応聞くんですが、殿下のそのご趣味は本当に誰にもばれてないんですか？」

「はい。私も付き合ってくれそうな方を選んで話してますから」

だとしたらその目はとても曇っていると言わざるを得ない。

「で、俺が初めて打ち明けた相手だと」

「そうです、あなたが私の初めての人です」

「そういうことを言うな！　絶対わざとだろ！」

思わず本気で突っ込んでしまうとアリス殿下は嬉しそうに笑う。

「そうそう、その意気です。その調子でぞんざいに私に接してもらえれば誰も私が王族であるとは信じないでしょう」

「まあ、考えてみればこんな変態敬う必要なんてない気がしてきた」

「はいっ！　私のことは常に見下してくださいっ♡」

「……」

あぁ、頭が痛くなってきた。

「と言う訳で早速出発しましょうか。では準備を整えてきますね」

そう言って彼女は隣室へ入っていく。

ああ、本当にこんなことになるなんて。

ただでさえ王族と一緒に教会の裏事情を調査するという面倒な仕事なのに、それに加えて組む相手があんな変態だなんて。しかもただ変態なだけではなく、妙に図太いしそれでいてしたたかなところもある。

これまで俺を含む多くの国民は、彼女に「可憐《かれん》で聡明《そうめい》な王女」だったり、「民の生活を憂う優しい少女」だったりもしくは、「十八歳にして優れた魔術の腕を持つ才女」などのイメージを持っていたはずだ。ということはあの性癖も周囲にばれないようにうまく立ち回ってきたのだろう。

「お待たせしました」

そんなことを考えているとと旅支度を調えたアリス殿下……今後はアリシアが戻ってくる。

先ほどまで着ていたひらひらした動きにくいドレスではなく、旅の魔術師が着ているような動きやすいブラウス、そして軽快なスカート。

胸元にはブローチをつけているが、見る人が見れば魔力を増幅させる希少な宝石であることが分かるだろう。手首やベルトにもしっかりと魔道具を装備させていて隙がない。

さらに後ろには大きな荷物を風魔法で浮かせていた。言うまでもなく魔力は有限であり、荷物を浮かせる程度の魔法でも魔力は減っていく。それが出来るのはかなり魔力量に自信があるからだろう。確かに女性は男性に比べて旅の荷物が多いと聞くが、なんて贅沢な魔法の使い方なんだ……。

「すごい魔力の使い方ですね」

「こら、敬語はいけません。これから外では私のことはアリシアと呼び捨てで、タメ口を使ってください」

人間性で下がった評価が彼女の魔力と魔道具を見て無意識に上がってしまっていたらしい。そうだ、こいつは無駄に魔力を持っていて無駄に血統のいいただの変態。敬語を使う必要はない。

俺は必死に自分にそう言い聞かせる。

「わ、分かった」

「では行きましょう。ふふっ、二人きりで旅なんて楽しみですね」

そういって彼女は珍しく純粋な笑みを見せる。普段は大勢の護衛やら側仕《そばづか》えやらに囲まれているから少人数での旅が新鮮なのだろうか？

こうして変態の汚名を着せられた俺と、清楚に見えて本性はド変態の王女の、先行きに不安しかない旅が始まるのだった。

幕間《まくあい》一

「ふふっ、やっとあの役に立たない男がいなくなったわ」

ウェンディは工房で一人ティータイムを楽しみながらつぶやく。

元々兵士の家に生まれたウェンディは環境か才能か、幼いころから剣技の実力をめきめきと上達させていた。周囲はそんな彼女が騎士や冒険者になるのではないかと盛り上がっていたが、当の本人は全く別のことで悩んでいた。

いくつになっても胸が大きくならないことである。

剣術の練習の合間を縫って色々と調べてみたが胸を大きくするような都合のいい方法などなかった。そこで彼女が一縷《いちる》の望みを託したのが錬金術であった。今は無理でも将来はそのような薬も調合出来るかもしれない。すぐに著名な錬金術師をあたったものの、普通の錬金術師は魔力も知識もない娘を弟子にとることはなかった。が、そんな彼女を迎えたのがマグヌスであった。最初はまだ無名であった彼にしぶしぶ弟子入りしたウェンディだったが、彼が様々な新しい薬品を調合するのを見て次第に期待は高まっていった。

しかしその期待は裏切られていく。マグヌスは呪いや病気を治す薬の調合には熱心だったが、胸を大きくする薬には無関心だった。彼は困っている人のために薬品を調合していると言っていたが、ウェンディにとってその中に自身が入っていないのは心外だった。

また、自分で調合の研究をしようにも新薬を調合しようとすればどうしても稀少《きしょう》な素材が必要となってしまう。しかし裕福な貴族や商人の依頼を達成しても、マグヌスは相場通りの報酬しかとらず、彼女の収入ではとてもじゃないが足りなかった。

その間も知り合いの女子たちはどんどん身体《からだ》が発育していき、自然と彼氏を作るようになっていった。会っても恋愛話ばかりになり彼女だけがとりのこされていく。

とはいえそんな日々はもう終わり。これからは貧乏人の依頼なんて受けず、金持ちの依頼だけをこなし、〝適正な〟報酬を請求することも出来る。そうすればこれまでは手の届かなかった稀少な素材を買い、念願の巨乳薬を調合することが出来るだろう。

チリンッ！

早速門につけたベルが鳴らされ、ウェンディは意気揚々と外に出る。

そこに立っていたのはいかにも執事風の男だった。

「ティグルス男爵家の者ですが、至急上級傷薬が必要になってしまいまして。お願い出来ますか？」

それを聞いてウェンディは内心ほくそ笑む。いきなり貴族からの依頼が来るとは。

すでに彼女は貴族の爵位別に報酬の金額を設定していた。

「ええ、でも百ゴールドよ」

「あれ、今まではもっと安かったような……」

「これが適正な値段なのよ」

それを聞いて使いは一瞬顔をしかめるが、やがてしぶしぶ金貨が入った袋を差し出す。

「ま、まあすぐに調合していただけるのであれば……」

「任せて。ぱぱっと調合してくるから」

そう言ってウェンディは工房に戻る。

ウェンディは傷薬の調合なんてしたことはないが、マグヌスは自分の記した調合方法や記録などもほとんどそのままで工房を去ったので、資料は充実している。

「ああ、簡単な傷薬で良かった。上級なんて言っても素材が高級なだけでしょ？」

資料を見ても特に難しいことは書かれていない。それにこれまで毎日のようにマグヌスが調合するところを見てきたのでやり方も熟知しているつもりだった。

そんな自信の下、ウェンディは決められた材料を錬金釜に放り込んでいく。

「え～っと、月雫草を細かく切って煮込んで、透き通ってきたらそこに火トカゲの尻尾と飛竜の内臓を少々入れる、と」

そしてゆっくりと釜をかき混ぜながら加熱していく。

「あれ？」

釜の中の材料は月雫草の煮汁に溶け込んできれいな薬になっていくはずが、なぜか次第に黒ずんでいった。

そんな、手順通りにやったはずなのに。いくらかき混ぜても釜の中は黒ずんでいくばかり。

それを見て次第にウェンディの額には汗がにじんでいく。

マグヌスが上級傷薬を調合していた時はこんな風になっているのを見たことはなかった。自分と同じように材料を入れ、加熱していたようにしか見えなかった。何かが間違っているのだろうが、こんなことになった時の対処法なんて資料には書かれていない。

自信満々だったはずのウェンディの表情はどんどん蒼白《そうはく》になっていく。

「おかしい、どうして……」

しかし出来上がったのは傷が癒えるどころか酷《ひど》くなりそうな黒い液体だった。

「どうして、どうして⁉」

試しに手近にあった材料を入れたり、釜の温度を下げてみたりしたが、黒ずんだ液体に変化はない。窓の外を見ると、最初は普通に待っていた使いの男が眉間にしわを寄せ、いらだたしげに足元の小石を蹴っている。

「まずい、何とかしないと……これだ！」

幸い工房を見回すと、中級傷薬が数本余っているのが見える。

とりあえずこの場をしのげれば何でもいい。

そう思ったウェンディは中級傷薬の瓶を掴《つか》み、ラベルを書き換えると工房の外に駆けだす。

ウェンディの姿を見た使いの男は眉間に寄せた皺《しわ》を戻し、ほっとした顔になる。

「おお、さすがお早い調合ですな」

「そ、そうでしょ？　はい、これ」

「助かりました、では」

そう言って使いの男は帰っていく。

それを見てウェンディはため息をついた。

「はぁ、まさかこんなにも早くつまずいてしまうなんて。いや、でも私の目的は錬金術師になることじゃない。お金さえ手に入れば……」

こうして、その後も彼女は場当たり的な取引を繰り返すのだった。

第二章　教会とおしおき

「そう言えば殿下……アリシアは旅の経験はあるんですか……あるのか？」

敬語になってしまいそうになるのをどうにか堪えながら、俺は王都の景色を物珍し気にきょろきょろと眺めるアリシアに話しかける。先ほどはかなりぞんざいに接してしまったものの、外に出ると変態性がなりを潜めるせいか、自然と敬語に戻りかけてしまう。

「あまりないですね。外に出ること自体が少なくて、たまにあっても馬車の奥に座っていたので。ですからこうして街並みを眺めるだけで楽しいです！」

アリシアの隠れ家は王宮や教会、役場などが並ぶ街の中心区域のちょうど外れのところにあり、そこを出ると商店街や民家が並ぶ市街地に入る。平凡な光景だが、王族にとっては珍しいのだろう。アリシアの視線は右へ左へとせわしなく動いていた。

「これから行くトリルの街は結構遠いんだろ？　本当に大丈夫なのか？」

「遠いと言っても馬車に乗っていくんですよね？」

「それはそうだが……普通の馬車って意外と疲れるんだぞ？　結構揺れるし」

王族が乗るような高級馬車は違うのかもしれないが、と言いかけて俺はその言葉を飲み込む。今は彼女が王族であることをにおわせるような言葉は禁止だ。

「そういうものでしょうか？　とはいえそういう経験も〝平衣の修行〟の一環ですから」

「それもそうか」

そもそもこれは彼女が望んだことだし、そこまで言うならこれ以上俺が勝手に心配する理由はない。馬車で酔うのも尻が痛くなるのも経験だろう。

むしろこの面《つら》の皮の厚い王女が庶民の旅に泣き言を言うところを見てみたい。

俺はそんな個人的な欲求が芽生えるのを感じる。アリシアは俺に何をされても困ることはないだろうが、王族として育ったのなら長距離の馬車旅は色々大変だろう、と思いつつ乗り合い馬車に乗ったのだが……。


「なるほど、ジョンさんは毛織物《けおりもの》商をしているのですね」

「そうだ。これから王都で仕入れた高級な毛織物を西方の都市で順番に売っていくんだ」

「確かに王都に集う職人は国一番の腕前ですからね。そして、西方から輸入された珍しい毛織物を王都に持って帰るのですか？」

「おお、さすが嬢ちゃん！　よく分かってるじゃないか！　まあ帰りは織物というか、装飾品全般だがな」

「もしかして象牙とか孔雀《くじゃく》の羽根飾りとかもですか？　とってもきれいですよね！」

「お、さすがお嬢ちゃん、お目が高いな」

「はい、普段王都にいることが多いので交易商の方には頭が下がります」

「はは、そうだろう」

馬車の中では早速隣に座った商人と世間話に花を咲かせ、しかも相手をかなり上機嫌にさせている。そういえば王女だけあって社交は得意なのか。それに錬金術のこと以外何も知らない俺と違って様々な人と関わる彼女は話題も豊富だ。それを見て俺はやたら悔しくなってくる。

とはいえしばらく乗っていればそのうち疲れてくるだろう、と思っていると。

「ふぅ、わしももう歳《とし》だけあって馬車の旅は応《こた》えるな」

「そうですね、私もお尻が痛くなってきました。そうだ……〝プロテクション〟！」

アリシアが呪文を唱えるとアリシアと商人の男の尻の辺りが魔法の光に包まれる。それを見てさすがに男は目をパチパチさせた。

「え、これって……」

「ほら、これで揺れが伝わってこなくなって快適じゃないですか？」

アリシアはさも当然のように言う。

「そ、そうだが……」

男が困惑しているのは、魔法というのはずっと使いっぱなしにしていると継続的に魔力を消費するからだ。プロテクションは初級防御魔法だが、それでも今から日没まで数時間の馬車旅の間、それも二人分をずっと使っていればかなりの魔力を消費する。そんなことが出来るのはよほど魔力の扱いに長《た》けた魔術師か、アリシアのように生まれつき大量の魔力を持っている者だけだろう。

そんな訳でコミュ力と魔力のごり押しにより、アリシアは特に困ることもなく二日間の馬車旅を終えてしまった。

「ふぅ、馬車旅も意外と悪くないものですね」

「いや、普通の人は魔法を使えないし、使えるとしてもずっと使いっぱなしにするなんて無理なんだよ」

せいぜい、多少疲れてきたら治癒魔法をかけるぐらいだろうか。それも、お尻が痛いことにはあまり効き目がないが。

が、アリシアにとっては大したことではなかったのだろう、きょとんとした顔をしている。

「それより、ここがトリルの街ですね」

「ああ、大分辺境に来たな」

荒れ地が広がる中、街の近くだけは柵に囲まれた農地が広がっており、その中にぽつぽつと家がある。遠くを見ると街の中心部なのだろう、数少ない建物が集まっている場所が見える。

俺たちはそちらを目指して歩いていく。

王都では当たり前に道が石畳で舗装されていたが、ここでは土の上を歩くしかない。そんなのどかな道を歩いていくと、街の中央には少しだけ人通りが多い区画がある。

その中に、王都の教会とは似ても似つかない、かろうじて屋上の十字架でそれと分かる建物が見つかった。

「ここか？」

「はい。私が聞いたところによると、この教会のミラーという二十歳ぐらいの男性神官の方が失踪したそうです」

「失踪？」

「はい、ある日突然教会に来なくなったのだとか。他にも似たような事例がこの辺りでいくつかあるらしいのですが、それ以上のことは教えていただけませんでした」

それは確かに怪しいが、強引に外から手を出すほどの事態ではない。

アリシアはどうするつもりだろうかと思っていると。

「その方は身寄りがないらしいですが、私たちは彼の知り合いから捜索を依頼されたという体《てい》でいきましょう」

なるほど、全くの嘘《うそ》ではあるがシンプルかつ効果的な方法だ。

「分かった」

俺たちは二人で教会に入っていく。辺境の教会ということで建物のあちこちが傷んでいるし、礼拝堂には一人の司祭がいるだけだ。彼はパラパラと何かの書物をめくっていたが、俺たちが中に入ると顔を上げる。

俺は申し訳程度に手を合わせると、早速司祭に尋ねた。

「あの、俺たちはミラーさんの知り合いに頼まれた者なんだが……」

「ミラーの？」

そう言われた瞬間彼ははぁっと小さくため息をついたように見えた。

が、やがて彼は司祭らしい厳粛な顔つきを作る。

「ミラーの件は私たち一同悲しんでおります。とはいえ彼が行方をくらました以上どうしようもないことです」

「せめてお話だけでも……」

「すみませんが、教会の仕事もあるのでお引きとりください」

どう見ても読書していたようにしか見えないが、彼はきっぱりとそう言った。

あまり悲しんでいる風にも見えないし、どちらかというと俺たちに対しても「面倒だ」という雰囲気を感じる。

俺は思わずアリシアの方を見た。本物の冒険者ならここで彼を問い詰めたり、教会の中に忍び込んだりといった荒々しい調査方法をとるのだろうが、俺はどこまですればいいのだろうか？

「なるほど。ところで最近辺境の教会で失踪やトラブルが相次いでいるとのことですが」

「いえ、うちでは何もトラブルなんてありませんよ」

アリシアの疑問に再び、迷惑だ、という視線を向けられる。

だが彼は少し思い直したのか、

「ああ、そう言えば隣街のアーシェでは教会関連のトラブルが多いと聞きますね。そちらを当たられた方がよいのでは？」

俺たちの調査を手伝うため、というよりは厄介払いするように言う司祭。

ちなみにアーシェはここトリルよりさらに辺境にある街だが、一帯の領主であるバルタール子爵が屋敷《やしき》を構えている街でもあり、規模自体はここより大きいらしい。

「そっちではどんなトラブルが起きてるんだ？」

「さあ、私も噂《うわさ》で聞く程度ですが、神官の様子がおかしくなったとか、金銭トラブルで無一文になったとか、そんな話ですかね」

それはアリシアから聞いた話と一致する。

聞きたいことは色々あるが、司祭は露骨に「話を終わらせたい」という雰囲気を漂わせていた。

「そうですか、ありがとうございました」

これ以上聞いても無駄だと判断したのだろう、アリシアがそう言って頭を下げた。俺もそれに倣って軽く頭を下げるとその場を離れ、教会を出たところで改めて尋ねた。

「で、どうする？　怪しいと言えば怪しいが、俺は潜入とかは得意じゃない」

「いくら怪しいとはいえ教会においそれとそのようなことは出来ません。ここは他の方にも話を聞いてみましょう」

「それはそうだな」

確かに、皆が皆あんな態度という訳でもないだろう。

すぐに俺たちは教会の裏庭で地面を掃《は》いている、若いシスターを見つける。いなくなったミラーは二十歳前後らしいが、彼女もそれと同じぐらいに見えた。先ほどの司祭よりは詳しくミラーについて教えてくれるかもしれない。

「あの……すみません」

「ひゃっ⁉　な、何でしょうか⁉」

アリシアが声をかけると彼女は驚く。よほど他人から声をかけられることが少ないのだろうか。

「私たちはミラーさんの知り合いに頼まれた冒険者なんです」

「ミラーの⁉」

先ほどの司祭と同じように彼女も驚きの声を上げるが、彼女の顔を恐怖や後悔など様々な表情がよぎっていく。

一体何があったのだろうか。

「はい、彼が行方をくらましたと聞いて……」

彼女は何かを答えようとしたが、ちらっと教会の方を見て口をつぐむ。

「今は当番の最中なので……後で宿にお邪魔してもよろしいでしょうか？」

彼女もお世辞にも忙しそうには見えないが、先ほどの司祭とは別の理由で答えを渋っているように見えた。

「ああ。でも俺たち宿が決まってなくて」

「大丈夫です、この街に宿は一つしかありませんので」

「そ、そうか」

言われてみれば観光地でもない辺境の小都市ならそんなものか。

「では改めて」

そう言って俺たちはその場を離れる。

「何か話しづらいことなのだろうか？」

「彼女が私たちに話せば少なくともさっきの司祭はいい顔はしなさそうですね。まあ、とりあえず宿をとってしまいましょうか。さすがに野宿はしゃれになりません」

「そうだな」

野宿なんて俺もしたことがないから勘弁だ。

そう思って宿に急ぐが、幸い宿も教会と同じ雰囲気で、ほとんどの部屋が空いていた。

アリシアがお金を出して一番ランクの良い部屋を二つとり、俺たちは荷物を置いて宿酒場で夕食をとる。

「しかしこうやって二人で夕食を食べるのもすっかり慣れたな」

最初は王宮の料理に慣れたアリシアがこんな庶民的な料理で大丈夫なのかと思ったが、今では嬉々《きき》として酒のつまみのような味の濃い料理を注文している。

王都を出て数日だというのにすっかり酒場の雰囲気になじんでいた。

「街ごと、宿ごとに違った料理があってどれもおいしいですね」

「相変わらず逞《たくま》しいな」

「後はお酒が飲めれば良かったのですが……」

そう言って周囲の客が飲んでいる酒を羨ましそうに見つめる。

「頼むからそれだけはやめてくれ」

「むぅ」

すでに何度かしたやりとりだが、アリシアは不満げな顔をする。

普段は外面の良さでどうにかカバーしているこの頭のおかしい王女が酒を飲んだら一体どうなるんだ？　想像出来ないししたくもない。

「まあまた来ればいいさ」

「来る機会があるといいんですけどね……」

そうか、普通に考えればもうこんな機会はないのか。鶏の揚げ物に甘辛いタレをかけた料理をふぅふぅしながら食べているアリシアを見て俺は少しだけ感傷的な気分になる。まあ俺も飲んだことはないんだけどな……と思っていると。

「すみませ～ん」

そんな声と共に一人の女性が声をかけてくる。

修道服から私服に着替えて大分イメージが変わっているが、昼間俺たちが声をかけたシスターだった。

「ああ、わざわざ済まないな」

「いえいえ、ちょっと色々こみいった事情がありまして」

「お好きなものを頼んでください」

アリシアがそう言った瞬間、シスターの顔がぱっと輝く。

「すいませ～ん、このトリル特製地酒とサーロインステーキ、それから特選焼き地鶏《じどり》を！」

どう考えても彼女が普段頼んでいなさそうな高級メニューばかりだ！

そして若い女性にしては妙に肉々しい！

まあどうせアリシアのポケットから出るんだからいいか、と思ったがそれは国庫から出るということであり、一国民として微妙な気分になる。

一通り注文を終えると彼女は少しだけばつの悪そうな表情でこちらに向き直った。

「こほん、改めまして、私はトリル教会のシスター、エリーと言います」

「俺は冒険者のマグヌスだ」

「私はアリシアです」

「まさかミラーのためにわざわざ冒険者の方にまで来てもらうことになるなんて」

エリーの表情には感謝というよりは当惑の表情が浮かんでいる。

一体ミラーという男には何があったのだろうか？

「まあ依頼だからな」

そんな話をしていると、さっそくエリーが頼んだ酒と料理が運ばれてくる。少し緊張した様子の彼女だが、料理が運ばれてくると表情をほころばせた。

ジョッキに口をつけるとごくごくと思い切りよく酒をあおり、やがてぷは〜っ、と大きく息を吐く。日頃からやりきれないことが多いのだろうか、いい飲みっぷりだ。

そして届いた肉と肉をむさぼるように食べ、半分ぐらいになったところで俺たちが飲んでいないことに気づき少し申し訳なさそうにする。

「……すみません、つい」

「いや、日頃から大変なんだよな？」

「そうなんですよ！　あのエロじじい、いつも私の胸をエロい目で見やがって……」

そう言って彼女は空中を睨《にら》みつける。

言われてみればエリーの胸もなかなかに大きい……じゃなくて、この人酒を飲むと人格が変わるタイプだ！　情報源にして大丈夫か、と不安になってくる。

「気づかれてないと思ったら大間違いですからねっ⁉　それ以外にも司祭だからってやりたい放題……」

「一体どのようなことをしていたんです？」

アリシアが真剣な表情で尋ねる。

するとエリーは声を潜めて言った。

「それは……例えば、免罪符とか」

「あ～……」

その一言でアリシアは全てを察したようだった。

免罪符というのは歴史書でしか見たことがないが、簡単に言えば悪事をしても金を払えば死後天国に行けるというものだ。死後天国に行きたいなら悪事をするなと言いたいが、金や権力を一通り手に入れると最後はそういうものが欲しくなるのかもしれない。ありていに言えばただの金儲《かねもう》けである。

「私たちは困っている人を助けるために教会に入ったのに……でも私たちのような新入りにはどうすることも出来ず、見て見ぬふりをするしかありませんでした」

「それでミラーさんも気に病んでいたのか」

「そうです！　あのころのミラーは正義感溢《あふ》れる好青年でしたから っ……ごくごくっ、ぷは～～～っ！」

妙に「あのころの」を強調するエリー。ていうかそんなに飲んで大丈夫なのだろうか？　そしてあの司祭がミラーの話をしたがらなかったのは自身の悪行の話が出ると思ったからだったのだろう。

「あの、ミラーさんはどうなってしまったんです？」

今度はアリシアが尋ねる。

「私たちは悩みました。このままこの教会にいれば間接的にエロじじいの悪行を手伝うことになってしまいます。かといってやめろと言ってやめるなら最初からそんなことはしないでしょう。いっそのこともう教会をやめてしまおうか。そんな風に思いつめていたある日、ミラーが突然明るくなりまして。それで『真の救いを見つけたかもしれない』と言うんです」

「はぁ」

いかにも胡散臭《うさんくさ》い話だ。

「とはいえ最初話を聞く限りでは、アーシェの教会には話の分かる人がいる、ということだったのでそんなに気にしていませんでした」

それを聞いて俺はアリシアと目を合わせる。

アーシェのトラブルは司祭が俺たちを追いやるために適当なことを言っていただけ、という訳でも無いらしい。

「でもだんだん、『本当の救い』『聖母様がいるから大丈夫』とかどんどん変なことを言うようになっていって、当番の日もアーシェから帰ってこない日が増えてきて……。これはもしかして誰かに騙《だま》されているのではないか、と心配になってきたんです。それで私は思い切って、しばらくアーシェに行くのをやめるよう言いました。そしたら彼は真剣な目でこう言いました。『エリー、俺のママになってくれ』と」

「……は？」

突然出てきた訳の分からない台詞《せりふ》に俺は耳を疑う。

急に話の流れが変わりすぎじゃないか？

「あの、エリーさんちょっと飲みすぎてるんじゃ……」

「誰が酔っ払いですか、誰がっ！」

が、俺が心配して水を差しだすと彼女はむきになったように酒を呷《あお》り始める。

「ごくごくっ、ぷはっ！　私は全然酔っぱらってなんかいませんっ！」

「おい、もうやめろ！　手が震えてるって！」

「これが飲まずにやってられますかっ！　ミラーったら『俺たちはみんな聖母様の子なんだ』『聖母様の代わりにエリーがママになってくれるなら俺はそれでもいい』『手始めにエリーのおっぱいを吸わせてくれ』って……ああっ、思い出すだけで気持ち悪いっ！」

ドンッ！

エリーは叫びながら空のジョッキをテーブルに叩《たた》きつける。

「やっぱり、あいつもエロじじいと同じように私のことを乳でしか見てなかったのよっ！」

「あの、エリーさんいったん落ち着いて」

そう言って俺は彼女の側からジョッキを遠ざける。

恐らくこれは単にミラーがおっぱい大好き野郎だったというだけの問題ではないと思うんだが……。

「で、その後どうなったんだ？」

「そんなの決まってます！　私が思わず『黙れこのおっぱい野郎！』『気色悪い！』と叫んだら彼は部屋から出ていって……そしたらその後彼はいなくなってしまったんです……

ぐすっ」

そう言ってエリーは突然すすり泣きを始める。

酔っ払いってこんなに情緒が不安定なのかと思ってしまうが、いくら気持ち悪いことを言っていたとはいえ知り合いが自分のせいでいなくなってしまったと思えば悲しくもなるだろう。

「なるほど。私が知る限りアルテミア神の信仰に〝聖母〟という概念はありません。言いづらいですが、ミラーさんはカルト教派に嵌《は》まってしまったようですね」

カルト教派、というのは一見同じアルテミア神を信仰すると見せかけて実は全く別の神様を信仰していたり、もしくは金儲けのために信仰を利用したりしている集団のことだ。

神々の時代は遥《はる》か昔だから、「教会ではこう伝わっているが真実はこう」「教会は嘘をついていて、実は神はこう語っていた」など捏造《ねつぞう》することは難しくない。特に今のように、教会が腐敗している状況では。

「あぁ、私が彼を受け入れていれば……ママになってあげていれば……」

そう言いながらエリーはぐいぐいと酒を飲んでいる。

いや、悲しいのは分かるけどそれはそれでどうか……と思っていると。

「いえ、エリーさん、あなたは立派な方です」

不意にアリシアが聖女のような慈愛の表情におごそかな声で言う。

王族であるアリシアが真面目な表情になると、生半可なシスターよりも慈愛のオーラが溢れており、それを聞いたエリーははっとしたような顔になる。

「そんな、私は教会の腐敗を見て見ぬふりし、ミラーを助けることも出来ませんでした……」

「そんなことはありません。司祭に加担すればいい思いが出来たかもしれないのに、あなたはそうしませんでした。ミラーさんのこともあなたなりに懸命に助けようとしました。そして今、自らの過ちだったかもしれない行為を私たちに話してくださっています。それだけでも十分立派な行為です」

滔々《とうとう》とミラーを励ますアリシア。この場面だけ見ればどう見ても彼女の方が聖職者だろう。

「でも、結局ミラーは……」

アリシアの言葉に途中までは励まされた様子だったエリーだが、再び暗い表情になる。が、アリシアは涙ぐむエリーにぐっと顔を近づけた。

「大丈夫です。彼は必ず私たちが助け出します」

「えっ……？」

それを聞いてエリーの表情に一筋の光が差した。

そんなエリーの手をとり、アリシアは慈愛に満ちた表情で言う。

「アルテミア神は決してミラーさんのような方を見捨てることはしません。彼はきっと無事です」

「アリシアさん……うっ」

するとエリーの目からそれまで堪えていたような涙が溢れ出す。

恐らく、心の内で色々と思う所がありながらもこれまでそのことを打ち明けられる相手がおらず、鬱屈した思いを酒で紛らわせながら生活していたのだろう。そしてそんなエリーを、アリシアが優しく慰めている。

王女様が様々な不条理に苦しむ民に救いの手を差し伸べている……と思えばいい絵であるが、俺はこいつの本性を知っているのでなかなか素直に感動出来ない。むしろ両極端の表と裏を見せられて人間不信になってしまいそうだ。今後俺はどれだけ高潔そうな人に出会っても信じられないような気がする。

「と言う訳で、ミラーさんを助けるために彼の事を色々と教えてください」

「はい……」

こうして俺たち（主にアリシア）は遅くまでエリーの話を聞くのだった。


「いやぁ、まさかあんな演技が出来るとはな」

夜遅く、エリーが何度も頭を下げて帰っていった後で、俺はアリシアを呆《あき》れと感嘆の目で見つめる。

「そうですね、私は神様でも聖職者ですらありませんから先ほどのは全て演技に過ぎません」

「いや、でもおかげですんなり話を聞けたからな。すごいとは思う」

普通に聞くだけでは彼女からあんなに話を聞くことは出来なかっただろう。

感心しつつ、俺たちは部屋に戻り、そのまま挨拶をして別れようとした時だった。

「ですが私は嘘をついてしまいました。ミラーさんは無事かどうか分かりません。すでにかなり様子がおかしくなっていたようですし、洗脳されている可能性も高いでしょう」

「神様は見捨てないってやつか？　彼女を救うためだし、別にそれぐらいいいんじゃないか？」

「いえ、よくありません！」

なぜか妙にこだわりを見せるアリシア。それを見て俺も少し引っかかる。

俺からすると彼女はかなりふてぶてしい性格の持ち主だ。目的のための多少の方便は気にしないように思えるが、性癖に関すること以外は潔癖なのだろうか？

「それに私は神様の意思を勝手に述べてしまいました。そのようなことが許されるのは聖職者だけです！」

確かに「神様は見捨てません」と言っていたのも嘘と言えば嘘だが……。

それぐらいは誰でも普通に言っている言葉ではないか？

それが許されないとなると、世の親が「そんなことをすると罰《ばち》が当たる」などと子供を叱るのもいけないことになってしまう。

「まあでも、ミラーを助けるためならそれぐらいは……」

「いえ、私には彼女を助けたいというだけではなく、自分の調査を進めたいという下心もありました！」

なぜか頑《かたく》なに自分の罪を強調するアリシア。ミラーが無事じゃないと確定してしまった後ならあの言葉を責めるのは分かるが、何でこんなにこだわるんだ？

俺は妙に違和感を覚える。確かに彼女はこんなやわらかそうな性格でいて妙に頑固なところがあるというか……ん？　待てよ？　彼女が妙に頑固な時って……。

俺が嫌な予感を抱いた時だった。

「自分の目的のために事実かどうか分からないことを神の名のもとに断言する……これは立派な罪です！」

悲壮感すら漂う表情で叫ぶアリシア。

俺の違和感もいよいよ強まっていったが、次の一言で明らかになる。

「ですから私は罰を受けなければなりません！」

「…………」

非常にきっぱりと断言するアリシア。曇りないまっすぐな瞳でこちらを見つめ、拳はその意志の強さを示すようにぎゅっと握りしめられ、一歩も譲るつもりはないという強い気迫を感じる。

それを見て俺は絶句した。色々あったけど、結局はこれかよ……。何でこんなに純粋に欲望を抱くことが出来るんだ……。

「でも、アリシアが勝手に神様の意思を述べたことがいけないなら、それに俺が罰を与えるのはおかしいんじゃないか？」

「いえ、これは私が自らへの戒めのために受ける罰なのです。そのうえで、なお足りなければ神様が新たな罰を与えてくださるでしょう」

そう言われるとそうかもしれないという気がしてくる。くそ、相変わらず自分の性癖のためだと口がよく回る。

「あと、助けなければならないミラーさんのことをちょっと気持ち悪いと思ってしまいました！」

「大丈夫だ、それは俺も思った」

「いえ、他の人が同じことをしているかどうかは罪の重さに関係ないのです」

そこまで言うなら俺を巻き込まずに勝手に一人でやれ……と言いかけて、俺はその言葉を飲み込む。この暴走王女に「勝手にやれ」なんて言ったら何をしでかすか分からない。最悪、何かとてつもなく危険なことをしでかすこともあるんじゃないか？

そう思うくらいなら俺がやった方がまだ……いや、でもしかし……。

「ではよろしくお願いいたします」

「うわっ⁉」

俺が悩んでいる隙にアリシアは俺の手を引くと自分の部屋に引きずりこむ。まあ確かに宿の廊下でするような話ではないが。

部屋に入ったアリシアはスカートをめくるとお尻をこちらに向かって突き出す。細身でちょっと華奢《きゃしゃ》な体格なのにお尻だけは柔らかそうだ。王宮で大切に育てられたのだろう、相変わらず肌がきれいなのに、そんなお尻には赤いあざのようなものがついている。

あれ、これってもしかして前に俺が叩いた時のものか？

もしかしてあれから彼女のお尻にはずっとこのあざがついていたのか？　馬車に乗っている時もエリーの話を聞いている時もずっと？

その事実を噛《か》みしめていると、アリシアは追い打ちをかけるように言う。

「神よ、私は罪を懺悔《ざんげ》いたします。さあ、罰をお与えください！」

くそ、ここまで言われたらやるしかないか。

それに、俺の脳裏に〝聖なる力〟の件がよぎる。

この街に着くまでもそのことは脳裏をよぎっていたが、再びアリシアにあのようなことをするというふんぎりがつかず、何となく後回しにしていた。もちろん俺とて〝聖なる力〟を直接この目で見たいという気持ちはある。

「仕方ない……罰を与えてやるっ！」

俺は覚悟を決めて大きく手を振り上げる。

そして。

パシィイイイン!!

「あぁっ♡」

アリシアの柔らかなお尻を思いっきり打ち付ける感触と同時に、アリシアの嬉《うれ》しそうな声が響く。先ほどまではあんなに厳粛な面持ちで話を聞いていたのに、本性はこんな変態だなんて。

「そう、これですっ♡　これを待っていましたっ♡」

「罰なのに待ってましたじゃないだろ！」

パシィイイイン!!

「あっ、あっ、あああああっ♡♡」

再び打擲《ちょうちゃく》音と嬌声《きょうせい》が響き渡り、アリシアは気持ち良さそうに体を震わせ、同時にお尻もぷるんと揺れる。

パシィイイイン!!

「あっ、あっ、あああああっ♡♡」

再びアリシアは気持ちよさそうにお尻を震わせる。

こんなことをされて喜ぶなんて、相変わらずすがすがしいまでの変態……なのだが。

パシィイイイン!!

「あっ、あっ、ああああっ♡♡」

パシィイイイン!!

「はぁ、はぁ、んんんんんっ♡♡」

おかしい、全然聖なる力が発現する気配がない。

アリシアはこんなに嬉しそうなのに何が違うんだ、と思った俺はふと気づく。最初に叩いた時に比べると今のアリシアは確かに気持ちよさそうにしているが、どうしようもなく乱れているというほどではない。

「はぁ、はぁ……♡　やはりマグヌスさんのおしおきは素晴らしいですっ……♡」

「その割にはまだ余裕そうだな」

「す、すみませんっ！　何というか、前回のマグヌスさんはもっと凶暴だったというか、荒々しかったのでそれに比べると……」

何を言ってるんだ変態め……と言おうとして俺もふと思い当たる。

そう言えばあの時はウェンディの裏切りでかなり心がすさんでいた。そんな時に彼女が押しかけてきたものだから、当たってしまったのかもしれない。

それに比べると今は裏切られたショックも少し落ち着いてしまった。いや、本来それはいいことのはずなんだが。

俺が困惑していると、アリシアはふと何かを思いついたようにぽん、と手を叩く。

「ところでマグヌスさんは〝簡易錬成〟というのが得意でしたよね？」

「まあそうだが……」

基本的に錬成にはそれなりに時間がかかるが、俺は〝簡易錬成〟という材料から目的の物を瞬時に錬成する術を編み出した。それが〝簡易錬成〟だ。だがこのタイミングでそれを言い出されると警戒心しか湧かない。

そんな俺の嫌な予感を裏付けるようにアリシアはにこにこしながら、同時に少し顔を赤らめながら言う。

「それを使えば、例えば鞭《むち》とかも作れるんですよね？」

「ま、まあ作れるが……」

手でもかなり不敬なことをしたのに、今度は鞭で叩くなんて、絶対にありえない。

が、俺の言葉にアリシアはぱっと笑顔を浮かべる。

「ではそれでお願いします！」

「はぁ⁉　な、何を言ってるんだ⁉」

いくら変態とはいえ王女のお尻を鞭で叩くなんて出来る訳がない。

「だって、前回手で惜しいところまでいった以上、今度は道具を使うというのは自然な発想じゃないですか！」

「いや、でも……」

俺が困惑していると、不意にアリシアは何か思いついたように笑みを浮かべ、すぐに神妙な表情に戻った。

「なるほど、マグヌスさんはこれではもっと懺悔にふさわしい恰好《かっこう》をしろとおっしゃるのですね」

そういってアリシアは纏《まと》っている服に手をかける。

「おい、一体何をしている⁉」

「やはり懺悔するのであれば己をさらけ出すべきですよね」

そう言ってアリシアはブラウスのボタンに手をかける。

「な、何してるんだ！　お、男の前でそんなことするな！」

今までの行いを思い返すと今更な気もするが、目の前で裸を見せられるのはまた別な抵抗がある。

「いえ、マグヌスさんなら構いませんから」

が、アリシアはどこか上気した表情でボタンを外し始める。

くそ、もはや迷っている暇はない。

「待った、待ってくれ！　鞭で叩くから、それ以上は脱がないでくれ！」

こんな酷《ひど》い脅迫はない、と思いつつ俺は叫ぶ。

「はい、分かりました」

アリシアは嬉しさ半分、残念半分といった様子でブラウスのボタンから手を離す。

もしかして半分ぐらいは本気で脱ぎたかったってことか？

まさかこんなあくどいことをするなんて……。

こんな清楚《せいそ》な顔をしてよくこんなことが……。先ほどアリシアのことを慈母のように慕っていたエリーにこの姿を見せたらどう思うだろうか。

「くっ、〝簡易錬成・布鞭〟！」

俺はせめて出来るだけ柔らかい素材で鞭を錬成する。

ポケットから材料が浮かび上がり、俺の手の中で鞭の形になっていった。布で出来た少し頼りない鞭であるが、それでもお尻を叩けば痛いだろう。くそ、こんなもの今まで使ったことないのに。

「わぁ、とても素晴らしい鞭……ではなく術ですね！」

一応〝簡易錬成〟というのはそれなりにすごい魔法なのだが……ここまで誠意を感じない褒められ方は初めてだ。

「取り繕おうとしても本音がだだ漏れなんだよ！」

「ご、ごめんなさいっ！」

そう言って彼女は再び壁に手をついてお尻を突き出す。

「また一つ罪が増えてしまいました。こんな私に罰を与えてくださいっ！」

くそ、何でもかんでも自分の性癖のために利用しやがって！

さっきから懺悔がどうとか言ってるけど、全く申し訳ないと思ってない癖に！

あと俺の睡眠も奪いやがって！

俺は衝動のまま鞭を振り下ろす。

ピシィイイン‼

「ああああぁんっ♡♡」

打擲音と同時に、アリシアの口から妙に色っぽい悲鳴が上がる。

何というか、さっきまでと全く声の質感が違う。

本当にお尻が痛いのに、いや、本当に痛いからこそ生じる快感。そんな矛盾した何かが彼女から溢れているのを感じる。

「はぁ♡　すごいですっ……♡　手で叩かれるよりももっと強くマグヌスさんを感じられますっ♡」

ただでさえいけないことをしているのに、吐息が荒くなり、柔らかいお尻を小刻みに震わせている彼女を見ると、余計にいけないことをしている気持ちになってしまう。

「はっ、すみませんっ！　またいけないことを考えてしまいましたっ♡」

くそ、これ以上何かを考えれば考えるほどどつぼに嵌まるだけだ。

そうだ、ここは余計なことを考えないようにこいつへの怒りで頭をいっぱいにしよう。

こうやって自分の欲を満たすためだけにあんな面倒くさい理屈を並べやがって。

「くそ、罪とか何とか言いながらこんなことされて悦《よろこ》びやがって！」

ピシィィィィン!!

「あっ♡♡　んんんんんんっ♡♡♡　ごっ、ごめんなさいっ♡　いけないこと考えてごめんなさいっ♡♡」

歓喜の表情を浮かべるアリシア。

俺の中の怒りはふつふつと過熱していく。

「口ではごめんなさいとか言っておきながら、全く反省してないじゃないかっ！　自分で懺悔がどうのとか言い出した癖にっ！」

ピシィイイイン!!

「いたっ♡♡　あああああんっ♡♡　そうですっ♡　私は全く反省してませんっ♡　ですからこんな私でも反省出来るようもっと強い罰をっ！」

叫びながら漏れる吐息は少しずつ荒くなっていき、目が妖しく光る。

それを見て俺の理性も徐々に薄れていく。

「強い罰を与えれば与えるほど興奮する癖にっ！」

ピシィイイイン!!

「あああっ、んんんんんっ♡♡　そうですっ♡　私は強い罰を与えられるほど興奮する変態ですっ♡　こんな変態でごめんなさいっ♡♡　そしてもっとおしおきしてくださいっ♡♡」

あんなに真面目で清廉で、平民への慈しみに溢れていたアリシアが、今はすっかり快楽に染まって恍惚《こうこつ》とした表情を俺に向けてくる。この顔をエリーに見せても絶対あの時のアリシアと同一人物だとは思わないだろう。

「くそっ、こんな変態の癖に外では聖女のような顔をしやがって！」

ピシィイイイン!!

「あああんっ♡♡　ごっ、ごめんなさいっ♡♡　変態なのに聖女面してシスターの相談に乗ってごめんなさいっ♡♡」

「そうだ、変態めっ！　エリーがこの光景を見たらどう思うだろうな？」

「あっ♡　だめですっ♡　そんなこと想像しながら打たれたらっ♡　興奮してっ♡　体の奥から何かがこみあげてきますっ♡♡」

心なしかアリシアの体が魔力により輝きだす。

鞭によるおしおき自体も彼女を興奮させてはいたのだろうが、他人から見られるところを想像したのが一番こいつにとって大きかったらしい。確かに今まで王族として外面を良くすることを強いられ、そしてそれを完璧にこなしてきた彼女にとっては大きなことなのかもしれない。

「はぁ、はぁっ♡　あと少しですからっ♡　お願いしますっ♡」

アリシアも力が発動しようとしているという実感があるのか、そう言ってこちらを見てくる。

その恍惚とした表情はまさにとろける寸前だった。

まああと少しで力が覚醒するならやりとげるか、としぶしぶ鞭を振り上げると。

「あと少しでもっと気持ちよくなれる気がするんですっ♡」

くそっ、少しは〝聖なる力〟のことも考えろよ！

とはいえ恐らくアリシアの快感と力はリンクしているのだろう、覚醒のためにはやるしかない。

「いつも自分が気持ちよくなることばかり考えやがって！　喰《く》らえっ‼」

アリシアへのいら立ちと、これでいい加減終わらせたいという意思をこめ、俺は全力で鞭を振り下ろす。

　パチィィィィィィィィィン!!!!!!

「あああああああづ♡♡♡　ごっ、ごめんなさぃぃっ♡♡」

　部屋の中に、歓喜の絶叫が響き渡る。

「すごいっ♡♡　これすごすぎてっ♡　あづ、あづ♡♡　お尻がずっとずきずきってしてっ♡　何かがっ♡　全身から何かが溢れてきますっ♡♡」

　アリシアが叫ぶと同時に、彼女の体から白い光が溢れ出す。

　前回手でお尻を叩いた時よりもさらに強い光。

　前と違ってそれは途中で収まることなく溢れていく。

　光は特にお尻からたくさん溢れ出し、打ったばかりの鞭を包み込む。

「な、何だこれはっ⁉」

　そして次の瞬間。

　鞭は光に包まれると、きらきらと輝きだす。

　元々は俺の魔法により作り出されたとはいえ、ただの布で出来た鞭。

　しかし今では一流の鍛冶師が打つ魔剣のような、魔法のきらめきを放っている。

　もしかしてこれが例の〝祝福〟というものだろうか？

「ど、どうしましたか？　……これは⁉」

　余韻に浸っていたアリシアもそれを見てさすがに目を丸くする。

そしてぽつりと口を開いた。

「はい、これが〝祝福〟の輝きですっ……！」

「ほ、本当か⁉」

これが本当にあの〝祝福〟なのかという驚きと同時に、本当にこんな変態プレイでその現象が起こっているのかという疑問がこみあげる。

「はい、私の中の王族の血が告げていますっ、間違いありませんっ！」

「まじかよ……」

さっきまでは王族どころかただのド変態だった癖に何が王族の血だ。

伝説と同じ力をこの目で見たことによる興奮と、最初に伝説を知った時からずっと憧れていた〝祝福〟を汚されたことへの驚愕《きょうがく》が同居して頭がおかしくなりそうだ。

グレゴリオスも邪神に虐げられる人々を見て駆られた義憤と、変態プレイの興奮を一緒にされてさぞ怒っていることだろう。

しかし能力に罪はなく、俺の手の中にある鞭はきらきらと聖なる輝きを放っている。

「その鞭は今、そこそこの鍛冶師が打った魔剣よりは強いですよ」

「そ、そうみたいだな」

武器に魔力をこめるというのはそれなりに難しいが、成功すればかなり性能が向上する。しかもこめられている魔力が〝聖なる力〟によるものであればかなりのものだろう。

こんなしょうもないことで祝福された鞭（しかも元は丈夫さのかけらもないただの布

鞭）に負けるなんて、鍛冶師は泣いていい。

そんな俺を見て、アリシアはきらきらした目で言う。

「二回目でこんなにうまくいくなんて、今後はどんなすごいことになるのでしょうか？」

「……」

終わったばかりだというのに、〝今後〟を突き付けられて俺は愕然《がくぜん》とする。

もしかして〝今後〟はもっと変態的な行為を強要させられるのではないか。これは立場を利用したセクハラではないか。まあ王族が平民に何をしてもセクハラに問われることなんてないだろうが。

疲れ果てた俺とは対照的に、アリシアは妙につやつやした顔をしていた。

「ではそろそろ寝ましょうか。おやすみなさい」

「お、おやすみ……」

「ふふっ、おかげで今日はいい夢が見られそうです」

夢の中でもこんなことをさせられるのは嫌だな、と思いつつ俺は逃げるように自分の部屋へ戻り、ベッドに倒れこむのだった。

「だめだ、何度やってもうまくいかない……」

どろどろに濁っていく錬金釜の中を見てウェンディは何度目かのため息をつく。

ここ数日、彼女はマグヌスが残した資料を元に薬の調合を行っていたが何一つうまくいかなかった。金のためだけにやっていることとはいえ、マグヌスが当たり前のようにこなしていたことがここまでうまくいかないのは心にくるものがあった。

が、そんな彼女の心をさらに焦燥させるように呼び鈴が鳴る。

見るとどこかで見たことのある人影が工房の前に立っていた。ウェンディが姿を見せた瞬間、彼は鬼のような形相で怒鳴る。

「この間頼んだ上級傷薬、中級程度の効果しかなかったぞ！」

そう言われた瞬間ウェンディの脳裏に上級傷薬の依頼をされたことが蘇《よみがえ》る。傷薬の外見は素人に判別がつかなくても、使ってみれば効果は全然違う。

「おかげで俺は大目玉を喰《く》らったんだ！　一体どう責任をとってくれる⁉」

「そ、それは……」

「何とか言ったらどうなんだ！」

ティグルス男爵の使いの男はウェンディに向かって胸倉をつかむような勢いで詰め寄

る。さすがの彼女も今は何も言うことが出来なかった。

それを見て使いの男はわざとらしくため息をつく。

「全く、前の男なら値段も安く、きちんとした品質の薬を調合してくれたというのに、何なんだお前は……」

「前の男……？」

その言葉を聞いてウェンディはカチンと来る。

マグヌスは自分の望みは全く聞いてくれなかったのに、客には妙に評価されている。そのことが彼女には許せなかった。

「あいつの噂《うわさ》を知らないの⁉　アブノーマルな性癖を持っていて、依頼主である伯爵の屋《や》敷《しき》で女弟子を……」

「うるさい、そんなことは知るか！　こっちは薬が欲しくて来たというのに！」

「うっ……」

そう言われてウェンディは再び言葉に詰まってしまう。

そんな彼に向かって使いの男はさらに畳みかけるように言った。

「そもそも、前のやつが不祥事を起こしたというだけで、お前が工房を継ぐ資格はあるのか？」

「……」

一応錬金術師が引退する際に一番弟子が跡を継ぐという風習はあったが、それも国の認可が必要である。だから仮にマグヌスが正式に錬金術師の資格を失っていたとしても、ウエンディが自動的に跡を継げる訳ではない。

「もういい、二度とこの工房に薬を頼むものか！」

使いの男は吐き捨てるように叫ぶとその場を去っていくのだった。

それを見て暗澹《あんたん》たる気持ちになるウェンディだが、あることを思い出す。

「そうだ、もうすぐあれが出来るんだった」

そう言ってウェンディは販売用の錬金釜とは違う、奥にある錬金釜に向かう。元々はマグヌスが研究用の調合に使っていたものだったが、それは現在ウェンディによって利用され、濃いピンク色の得体の知れない液体が沸騰していた。

「ふぅ、そろそろかしら」

そう言ってウェンディは火を止める。

そう、ここで調合されているのはウェンディにとって宿願ともいえる胸を大きくする薬。マグヌスに提案した時は「胡散臭《うさんくさ》い」と一蹴されたが、これのために彼女は工房を乗っ取った後に稼いだお金をほとんど投じて高価な材料を調達した。それが今こうして完成しようとしている。

「出来れば錬金術師として裕福な生活もしたかったけど……胸さえ大きくなれば他のことはどうだっていいわ」

ここにいられなくなったとしても、剣技に長《た》けたウェンディは傭兵《ようへい》なり冒険者なりとしてやっていける自信があった。

そして自分の衣服をたくし上げると平坦《へいたん》な胸をさらけ出す。

「ふふっ、今まであることすら認識されてなかったけど、それももう終わりよ」

彼女は釜の中の液体を木匙《さじ》で救うと、それを自分の胸にかける。

「あ、あつっ⁉」

当然、火を止めたばかりの液体は熱い。しかしウェンディは我慢してその液体を自分の胸に塗りたくる。

「はぁ、はぁ、これでやっと巨乳になれるっ！　そのためにはこれぐらいっ……」

空気に触れて液体は次第に冷めていくはずなのに液体を塗った彼女の胸はますます火照っていく。いや、正確に表現するなら先ほどまでとは別の熱さに覆われているというべきだろうか。

「な、なにこれぇ？　おっぱいがじんじんして燃えるように熱いっ！　もしかしてこれが成長する兆候……あっ、んんっ」

思わず彼女は胸を押さえる。しかし彼女の執念はこの程度では折れなかった。

「そ、それならもっと塗らないと……あっ、あっ、あぁっ」

塗れば塗るほど熱は激しさを増していく。

さらに今度は胸の内側から、疼《うず》くようなかゆみのようなものがこみあげてきた。

その未知の感覚に堪えられず、彼女はその場にへたりこむ。

「はぁ、はぁ、おっぱいかゆくてたまらないっ♡　でもこれが大きくなるための試練なのよね？　だったらこれぐらい何てことないっ♡　このためにずっと頑張ったんだからっ……あっ、はぁんっ」

火照った胸は指と軽く擦れるだけでどうしようもないほどの刺激を発してしまう。

「はぁ、はぁっ、何なのよこれぇ……でもちょっと触るだけならっ……あぁんっ♡」

気が付くと彼女の手は自分のつつましやかな胸に伸びていた。

薬で火照った皮膚にひんやりした指が触れると、爆発するような快感が溢《あふ》れ出《だ》す。

「あっ、なにこれぇ♡　軽くさわっただけなのにっ♡　すっごく気持ちいいっ♡　ただ薬を塗っただけなのにぃ♡　こんなことしたら……あっ、あぁづ♡♡」

気が付くと彼女の指はさらに強く動いていた。

火照った大平原を激しく揉《も》みこんでいく。

「だめっ、こんなことしたら止まらなくなるのにっ♡　ひゃうっ⁉　あっ、ここすごく気持ちいいっ♡」

彼女の指がひときわ敏感な部分に触れた瞬間、更なる快感が溢れ出す。

もはやウェンディの頭は溢れ出す熱に支配され、指は勝手に動いていた。

「本当にっ、これ以上はだめなのにぃっ♡　でも待っててっ♡　薬を飲んだうえでこうやってマッサージすればもっと大きくなるかもっ♡　そうっ、これは巨乳のためっ、仕方ないんだからぁ♡♡」

むにむにっ♡

平べったい胸に彼女の細い指がいやらしい動きで食い込んでいく。

「あぉづ♡　だめっ♡　火照って敏感になったおっぱい気持ち良すぎっ♡　巨乳になるためっ♡　もっといっぱい揉まないとぉっ♡」

むにむにむにむにっ♡♡♡

燃え盛る大平原を蹂躙《じゅうりん》する彼女の指はますます動きを増していく。

溢れる快感は全身に行き渡り、脳を焦がしていった。

「あぉづ♡♡　これ以上はっ♡♡　あっ、もう、もうっ♡♡　あぉぉぉぉあづ♡♡♡」

びくびくと痙攣《けいれん》しながらウェンディはその場に倒れこむ。

ここまでやったのだからきっと膨らんでいるはず。快感でふやけた彼女の意識には達成感のような何かがこみあげていた。

しかし彼女の胸には依然として大平原が広がっているのだった。

第三章　メイド服とおしおき

「おはようございます！　昨日はよく眠れましたか？」

「あ、ああ……」

翌朝、宿の食堂で合流するとアリシアはいかにもよく寝たという様子だった。普通王女がこういう旅に出たら「こんな安宿で眠れる訳ないわ！」みたいな反応になるものじゃないのか？

とはいえよく眠れたのは寝る前にした行為のせいだろう。だから俺はさっさと話題を逸《そ》らす。

「それで、今から行くアーシェの街だが、ここよりも規模は大きいらしいな」

「はい、バルタール子爵という領主が治めており、彼の屋敷《やしき》があるはずですが……」

そう言ってアリシアは言葉をためらうように切る。

普通領主の屋敷がある街は統治が行き届いていて治安がいいはずなのだが……。

「子爵からも街からもあまりいい噂《うわさ》を聞きません。それに、辺境であり他の貴族の領地からは離れているということもあって、カルト教派の標的に選ばれたのでしょう。許せないことです」

「そうだな。しかし相手が本当にカルト教派ならどうやって調査すればいいんだろうな？」

「難しいですね。とはいえ、まずはアーシェの教会で話を聞いてみて事情に詳しい人を探すことではないでしょうか？」

「それもそうだな」

アーシェが敵の本拠地であれば、そっちで話を聞いた方が情報は得られるだろう。後の事はそれから決めよう、ということにして食事を終える。

そして街はずれにある馬車の駅に向かった。駅と言っても目印の街灯が一本立っているだけだが。街灯には申し訳程度の時刻表（一日一本の馬車の時刻を記したものをそう呼んでいいのかという疑問はあるが）があり、そこには貼り紙がしてある。

近づいてみると、「しばらく運行中止」とそっけなく書かれていた。それを見たアリシアはさすがに驚きの声をあげる。

「え、今日は馬車ないんですか⁉」

「そうみたいだな。しかもいつ再開するとか書いてないし」

何で馬車がないのか、どこに問い合わせればいいのかすら不明だ。

「どうする？　アーシェには歩けば夕方までにはつきそうだが」

「そういうことなら仕方ありませんね。行きましょうか」

旅慣れている人であればもっと早く着くのだろうが、俺は錬金術師でアリシアにいたっては王宮外で歩くことなどほとんどないだろう。そんな俺たちの足で本当に夕方までに着くのかもよく分からない。

大変だな、と思いつつ俺はちょっとだけ楽しみにしている部分もあった。

これまで慣れない旅でもぴんぴんしていたアリシアも、さすがに長距離歩けばへとへとになるのではないだろうか。叩《たた》かれても鞭打《むちう》たれても嬉《うれ》しそうにしているアリシアだが、純粋な疲労には勝てないだろう。

一方の俺は最近はこもりがちだったとはいえ、昔は素材を集めるために野山で魔物と戦ったこともある。アリシアに比べれば多少は足腰はしっかりしているはずだ。

彼女に振り回されっぱなしな俺としては、弱音を吐いている姿を見てみたい。

そんなことを思いつつ俺たちは周囲に何もない荒れ地が広がる道を歩く。遠くには山や森があり、稀《まれ》に動物が歩いているのを見かけるがこちらに近づいてくるほどでもない。一応道の周りは石がどけてあり、馬車の轍《わだち》があるのでかろうじて目的地を見失わずに済む。

最初のうちは王宮では見られない景色に驚いていたアリシアも、次第に変わらぬ景色に飽きて疲労の色を見せるようになっていった。

「はぁ……。長距離を歩くというのはなかなか疲れますね」

「どうする？　そろそろ昼だし休憩するか？」

俺もそれなりに疲れていたが、何でもない風を装って尋ねる。

アリシアは息も乱れ、先ほどから少しずつ歩く速さが遅くなっている。これはどう見ても休むしかない。そう思っていると。

「いえ、大丈夫です……〝リフレッシュ〟」

アリシアが呪文を唱えると、彼女の顔色はみるみるよくなっていく。

疲れをとるのはそれなりに難しい魔法（傷を治すより難しい）だが、彼女は難なく使いこなしている。そんなことまで出来るなんて、相変わらず出《で》鱈《たら》目《め》だ。

「マグヌスさんにもかけた方がいいでしょうか？」

「いや、俺は大丈夫だ」

つい意地を張ってしまったが、足取りはだんだん重くなってくる。とはいえ一度大丈夫だと言ってしまった手前、やっぱりかけてほしいとは言いづらい。くそ、何をしても澄ました顔をしているアリシアをぎゃふんと言わせるにはどうしたらいいんだ？

気が付くと、アーシェへの道のりの後半、俺はそんなことばかり考えてしまうのだった。

＊＊＊

「おい、ちょっと待て」

「え？」

どれぐらい歩いた時だろうか。不意に違和感を覚えた俺は足を止める。

それまで周囲には広大な荒れ地が広がるだけだったのに、前方から数人の人影が近づいてきた。こんな辺境を徒歩で旅する物好きなんていないのだろう、今日トリルの街を出てる。

「は、はい」

そんなことを言っているうちに人影たちは近づいてきて、様子がよく見えるようにな
初めて人に遭遇した。

「気をつけろ」


ぼろぼろの服に革鎧《かわよろい》を着けており、目つきも悪い。そして手にはそれぞれ剣や斧《おの》を構えている。どう見ても賊のような風体だ。もしかしてこいつらのせいで馬車は運行中止したのか？　俺は思わずアリシアをかばうように前に立つ。

すると彼らは俺たちを囲むように広がりながら、口々に言う。

「ひゃははっ、お前たち、こんなところに来る割には金を持っていそうだな」

「おっと、逃げようとしても無駄だぜ？　すでにお前たちは囲まれてるんだ」

人数は五人か。彼らは慣れた様子で俺たちを半円形に囲んでいく。実際こいつらの動きは手馴《てな》れており、集団で旅人を襲うことに熟練している。数的有利を生かして連携して攻撃されれば厄介だし、かといって背を向ければ腰に差している投擲《とうてき》武器や、弓ですぐに倒されてしまうだろう。

奴《やつ》らが構えているのは短剣や手斧《ちょうな》、ナイフに鎖鎌など使いやすいものが多いが、一人だけは弓を引いている。一人ずつ正面から戦えば大したことない敵なのだろうが、こうして有利な陣形をとられると苦戦する。そんな相手だ。

「どうやら俺たちの手強《てごわ》さを見て怖気《おじけ》づいたようだな」

「さっさと武器を捨てて降参すれば命だけは助けてやるぜ？」

「ぐへへ、特にそっちの女はなかなかの上玉だな」

一人がアリシアを見て舌なめずりをする。王女であることはばれていないようだがアリシアが美人であることまでは隠せない。

「お頭、こいつら捕まえたらやっちゃってもいいっすよね？」

「そうだな、最近はあまり褒美も出せていないし、好きにするといい」

「よっしゃ、さすがお頭！」

「ひゃっはあああっ！　やる気が出てきたぜ」

「〜〜〜っ⁉」

そんな敵の下品な言葉を聞いて後ろに隠れているアリシアがびくりと震える。

何だかんだいっても自分にはっきりと害意を向けるような相手がいると怖いのだろうか？

「大丈夫だ、こいつらは一人一人の腕は大したことはない。落ち着いて戦えば負けることはない」

「いえ、そうではなく……」

俺が励ましの言葉をかけるとアリシアは少し言いづらそうに言葉を濁す。

「どうした？」

「彼らに負けたところを少し想像してしまって……」

「は？」

それを聞いて俺は唖然《あぜん》とする。

「お前まさか……」

こいつが変態なのは知っていたが、まさかこんな時までそんなことを考えているなんて。というか相手がこんなやつらでもいいというのか？　いや、むしろこんなやつが相手の方が興奮するのだろうか？

くそ、一瞬でも心配した俺が馬鹿だった。

そう思うと急に怒りが湧いてくる。

「おい、三下野盗ども！」

「ひっ、何か急にあいつの雰囲気が変わったぞ！」

「何だ？　普通こうして囲めば腕に自信があるやつほど我らを警戒し脅《おび》えるのというのに」

なぜか敵の方が動揺しているのは、今まではこうして人数差を見せれば相手が抵抗をやめてきたからだろうか。

そんな彼らに俺は昨日〝祝福〟された布鞭《むち》を構える。それを見て敵のリーダー格の男が叫んだ。

「おい、こっちが動揺してどうする！　それにあいつの武器を見てみろ、ただの鞭だ！」

「確かに。あんな鞭で戦えると思ってるのか？」

「ちっ、警戒して損したぜ」

どうやらこいつらは祝福された武器など見たことがないらしい。俺が構えた布鞭を見て露骨に嘲笑している。まあ遠目に見ればただの変な色の鞭だから仕方ないが。

「くそ、どいつもこいつも……！　俺のことを馬鹿にしやがって！」

「やれ！　あの男さえどうにかすれば女の方はやり放題だ！」

「うおおおっ‼」

お頭の命令に盗賊たちは一斉にこちらに襲い掛かってくる。互いに連携して俺の動きを封じるように距離を詰めてくるが、こんな絵に描いたような三下どもに負ける訳にはいかない。

そう思った時だった。

ピカッ‼

突然手に構えた鞭が輝き出す。魔法も何も使っていないのに、まるで内側から光が溢《あふ》れ出《だ》してくるようだ。

「な、何だあれは⁉」

思わず盗賊たちは動きを止める。

俺も驚いたが、すぐに心当たりを思い出す。これは昨日アリシアに付与された〝聖なる力〟の光だ。

困惑していると、光を纏《まと》った鞭はひとりでに動き出す。そして一番近くで短剣を構えている賊に向かって振り上がる。

「けっ、何か光ってるけどただの鞭だろ？　当たったところで痛くもかゆくもねえよ！」

そんな男に向かって俺は流れるような動作で鞭を振り下ろす。今まで戦いで鞭なんて使ったことはなかったが、まるで歴戦の鞭使いにでもなったかのようだった。

パシィィィイン!!

「うぐっ⁉　い、いったああああああああっ⁉⁉」

鞭の一撃を受けた瞬間、盗賊は泣き叫ぶような悲鳴をあげると武器を落とし、その場に座り込む。

そして。

「ひっ、ごっ、ごめんなさいごめんなさいごめんなさいっ!!」

まるで命乞いでもするかのような必死の形相で頭を下げてきた。

え、何だこれ……？

自分で使っておきながらドン引きなんだが。

これが〝聖なる力〟の効果なのか？

殺さずに無力化出来たのは嬉しいが、こんな効果嫌すぎる。

「お、お前、俺たちの仲間に何をしてくれた⁉」

次の賊は今度は斧を俺に向かって振り上げる。

そうだ、さっきの賊がたまたま変なやつだったんだ。そうそう何度も同じことは起こらないだろう。

気を取り直した俺は聖なる力の導くままに男に向かって鞭を振り下ろす。

「お、斧が鞭なんかに負けるかああああっ⁉」

ガキンッ‼

鈍い音を立て、斧は地面に叩きつけられる。

そして。

パシィイイイイイン‼

「ぐぎっ⁉　ひぎゃあああああああっ⁉」

鞭が命中した瞬間、先ほどの男に勝るとも劣らない大きな悲鳴をあげる。

「ひっ、もういやだっ、鞭はいやだ……」

そして今度はその場に座り込んですすり泣きを始めてしまった。

本当に何なんだこの鞭は？

「ふっ、よく分からない術を使っているのだろうがこれで終わりだ！」

ヒュッ！

今度は風を切る音がして矢が飛んでくる。

完全に不意を衝《つ》かれた、と思った瞬間。

「〝アース・シールド〟！」

アリシアの凛《りん》とした声とともに俺のすぐ近くに土の魔力が集まり、魔法の盾が形成される。

　この馬鹿みたいな鞭のせいで忘れていたがアリシアも魔法の才能があるんだった。

　盾に阻まれた矢はカツン、と音を立てて地面に落ちる。

「次はお前たちの番だっ！」

「ぎゃあああああっ⁉」

　その後の展開は圧倒的だった。

　聖なる鞭が次々と賊を倒していき、一度後ろから攻撃された時アリシアが魔法で守ってくれた。

　そんな訳で五人いた賊はあっという間に戦意を喪失してしまった。

「ひぃっ……もうしません、もうしませんからぁ……」

　涙目で謝罪し続ける賊を無視してアリシアを見るが、敵の攻撃を受けた様子はない。

「ふぅ……。大丈夫だったか？」

「はい。ただ少し危なかったです」

「え？」

　圧倒的な魔力を持つアリシアでも実戦は多分初めてだ。思うように魔法が使えないこともあったのだろうか。

「いえ、もし負けたらどうなっちゃうんだろう、という妄想に引っ張られそうになってしまいまして。でもマグヌスさんの凄《すさ》まじい鞭さばきを見て、やっぱり乱暴されるのであればマグヌスさんの方がいいと思い直して我に返ることが出来ました！」

「……」

そんなことを得意げに報告してくるな。

「それより、こいつらの様子がおかしいんだがこの鞭は一体どうしたんだ？」

「う～ん、私も正直分かりません。一つありえそうなのが、威力以外に武器の特性に合った追加効果がついて、その効果で相手に恐怖心を与えたという可能性です」

〝祝福〟されたのが鞭だから恐怖心を与える効果がつくということか。分からなくもない。

「二つ目の可能性は、〝祝福〟が発生したシチュエーションにより追加効果が付与されるということですね」

「頼むから一つ目であってくれ！」

「それにしてもちょっと叩かれただけでこんな風になってしまうなんて、今のこの鞭は一体どんな感触だったのでしょうか。気になって気になって仕方ありませんっ……」

自分が叩かれることを妄想してにやにやと笑うアリシアの言葉に俺は再び怒りを覚える。

とはいえアリシアに下手に八つ当たりすれば彼女を喜ばせるだけに終わるだろう。

「くそ、お前たち全員衛兵に突き出してやるからな！」

仕方なく俺は苛立《いらだ》ちを賊にぶつけるのだった。

＊＊＊

「はぁ、疲れた……」

アーシェの街に着いて賊を引き渡し、全てが終わった時には俺は疲れ果てていたし、日も大分傾いていた。

何せ五人の賊を拘束してアーシェまで連れていかなければならなかったのだ。本当ならこいつらが逃げないようにアーシェまで歩かせなければならなかったが、アリシアの風魔法のおかげでどうにかこいつらが気絶しないように見張りながら運ぶだけですんだ。それがなければどうなっていたことか。

「お疲れ様です。調査は明日にして今日は休みましょうか」

「そうだな。とりあえず宿に行くか」

賊を衛兵に渡して身軽になると、俺は改めてアーシェの街を見回す。

アーシェはトリルよりも大きい街だが、トリルよりも荒廃しているように見えた。街に活気はなく、目つきが悪い男が通りをうろついている。さらに、ぼろぼろになったまま放っておかれている家や店が目立った。しかも廃屋の中には窓が割れているところも多い。

「賊が出たのも大分アーシェ寄りだったし、治安は悪そうだな」

トリルは単に寂れている感じだったが、こちらは荒れているという感じだ。

「そうですね、あまりいい噂は聞きませんでしたが、兵士の方もやる気なしという感じでしたね」

普通なら賊を捕らえて身柄を差し出せば感謝の意を示されるし、報奨金が出てもおかしくないだろう。

しかし俺たちが苦労して五人の賊を捕らえて差し出したのに、兵士の反応は薄かった。仕事だというのに、街の治安には全く関心がないような様子だった。

「そういうやる気のなさが無法者を勢いづかせているのかもしれませんね」

「それはそうだな」

だとすればカルト教派の連中がのさばっているというのも分かる気がする。それにこんな街で過ごしていれば神に祈ろうとして変な教えに引っかかる住民も多そうだ。

「私も上に立つ者として気をつけなければ」

「じゃあとりあえず変態的な趣味を自粛してくれないか？」

「そこはマグヌスさんが私が道を踏み外さないように〝教育〟していただかないと」

アリシアが何かを期待するような顔で言う。

やっぱりこいつは本質的な部分で図々《ずうずう》しい。

「何にせよ、今日は疲れたからもう寝る」

「まあそれは仕方がないですね」

こうして俺たちは街の微妙な宿に赴き、そこで一泊したのだった。

翌日、俺たちはアーシェの教会に向かった。治安の悪い街なので教会もさぞぼろぼろになっていることだろうと思ったが、なぜか建物はきれいに掃除され、庭もきちんと手入れされている。

俺とアリシアが首を捻《ひね》りつつも中に入っていくと、俺たち以外にも数人の住民が礼拝に来ていた。そして正面にいる三十歳ほどのシスターが慈愛の笑みを浮かべながらそれを見守っている。

俺はアリシアと一緒にしばし祈りを捧《ささ》げると、シスターの方に向かって歩いていく。

「あの、すいません」

「何でしょう……見ないお姿ですが、旅の方でしょうか？」

「ああ、俺たちは冒険者なんだがこの街の教会で色々と困ったことが起きていると聞いてな。それで仕事があるんじゃないかと思ってやってきたんだ」

教会について探っていると思われれば警戒されてしまう。だからあくまで依頼を探しに来た冒険者という体《てい》で声をかけたのだが、シスターはにこにこ笑いながら言った。

「いえ、冒険者の方には申し訳ないのですが、現在当教会はとてもうまくいっているのです」

「え？」

聞いていた話と違うことに俺は少し困惑する。かといって目の前のシスターはにこにこしていて、嘘《うそ》をついたり何かを隠したりしているようには見えない。もちろん、俺はプロではないからアリシアのように面《つら》の皮が厚いやつなら嘘をついていても見破られないだろうが……。

どうする？　これ以上追及すべきか？

逡巡《しゅんじゅん》していると、アリシアが口を開く。

「でも教会の偉い人の間ではよくない行いがはびこっていると聞きますが……」

カルトの話をすれば警戒されてしまう可能性があるので、腐敗の話を出したらしい。

それを聞くとシスターはああ、と納得したように頷《うなず》く。

「確かにそういうこともありました。いわゆる免罪符に代表される、聖職者にあるまじき汚職ですよね。しかし当教会では司祭様が〝本当の教え〟に目覚めてからそのようなことは全てなくなったのです」

「え？」

急に話がきな臭くなってきた。

この街ではカルト教派が盛んだと推測してはいたが、もしかして教会全体が飲まれているのか？

そんなことを話していると、ちょうど一人の男が教会に入ってくる。

それを見てシスターが言った。

「せっかくですから見ていかれますか？」

「見る？」

「はい、これが私達〝聖母教〟の〝本当の教え〟です」

よく分からないが見せてくれると言われたら拒否する理由はない。俺はアリシアと目を合わせた後頷く。

入ってきた男は年齢は三十ほど、服装を見るに金持ちでも貧乏でもないぐらいの平民だろうか。仕事で疲れ、たまの休日に平穏を求めて教会を訪れた……そんな様子に見える。

そんな彼に向かってシスターは満面の笑みを浮かべると、両手を広げて言う。

「お帰りなさい、ケリー」

そう言われた瞬間、疲れた大人の顔が子供のようにきらきらと輝きだす。

「ただいま、ママっ！」

そう叫ぶと同時に彼は勢いよくシスターの胸に飛び込む。

「えぇ？」「はぁ？」

アリシアと俺の困惑の声が重なる。見間違えではないかと思ったが、目を擦って見直してみても男はシスターの胸の中で子供のように甘えている。彼が本当にこのシスターの子供であれば違和感はないのかもしれないが、どう見ても彼女はそういう年齢ではないし、髪の色も瞳の色も全く違う。

「ママ、昨日も仕事大変だった！　上司がまた理不尽に俺のこと怒ってきたの！　俺全く悪くないのに！」

行動も発言内容もおかしいが、彼の口から出てくる声も子供のように上ずっている。外見以外の全てが幼児退行してしまったかのようだ。

正直、控えめに言っても気持ち悪い。

「そうね、ケリーは毎日頑張ってるのに上司は酷《ひど》いわね。よしよし〜」

が、そんな彼の頭をシスターは母のように優しく撫《な》でる。

「「……」」

それを見て俺たちは再び目を合わせた。

こんな恐ろしい光景が繰り広げられているというのに、他の礼拝者たちはにこにことそれを見守っている。

どうやらこの〝聖母教〟という集団にとってこれは日常的な光景らしい。

それを聞いて俺はエリーから聞いたミラーの話を思い出す。

あのミラーの気持ち悪い言動も〝聖母教〟に染まった男の間では一般的なものだったのか。いや、まあそれにしてもおっぱいを吸わせて欲しいとまでは目の前の男も言ってはないが……。

「ありがとう、ママのおかげで元気出たよ！」

「良かったわ。また嫌なことがあったらいつでもママに言うのよ？」

「うん！」

やがてすっかり元気になった男はスキップで教会を出ていく。

シスターは笑顔で彼を見送ると、俺たちの方を見た。

「……という訳で現在教会はとてもうまくいっているのですよ」

「は、はい」

　これを「うまくいっている」と表現するのはどう考えてもおかしい気がするが、ここで揉《も》めると調査に支障が出るかもしれないので仕方なく頷く。

「いかがですか？　あなたも世の中の様々なことに対する疲れや鬱憤、不満が溜《た》まっているのではないですか？」

「ま、まあそうですが」

「でしたら日頃の見栄《みえ》やプライド、世間体などを全て捨て、私に甘えてみませんか？」

　そう言って彼女が腕を広げると、不思議な母性のようなものが漂ってくる。

　そうだ、俺はいきなり弟子に裏切られて変な噂を流された末、今は変態王女と一緒に厄介な問題の調査をさせられている。誰も俺が冤罪《えんざい》だと信じてくれないけど、このシスターさんなら……。

「マグヌスさん？」

「はっ⁉」

　アリシアの声で俺は我に返る。しまった、危うくほだされてしまうところだった。

「すみません、ありがたいですが俺は大丈夫です」

「そうですか。ではそちらの女性の方はいかがでしょうか？　私たちとともに世の中の疲れた方々を癒《いや》してさしあげませんか？」

「いえ、私は結構です」

笑顔ながらきっぱりと否定するアリシア。

確かにこの教会の方向性はアリシアの求めるものとは逆なんだよな。

ということはもし〝ドMおしおき教〟みたいな邪教がはやったら……いや、そんな恐ろしいことは考えないでおこう。

「こほん、それよりもミラーさんというトリルの神官が行方不明になったと聞きましたが、もしかして……」

「はい、ミラーさんはこの街で正しい信仰に目覚めたのです」

さっきの男は純粋な気持ち（？）で幼児退行していたが、ミラーは話を聞く限り邪念があったような気がするんだが……。いや、今はそんなことはいい。

「ではなぜ行方不明に？」

「トリルの司祭は特に腐敗した教会上層部と仲がいいと聞いています。そんな彼にミラーさんの行方が知れればどんな報復をしてくるか分かりません」

確かにトリルの司祭は問題を隠蔽することしか頭にないようではあったが。

「ならせめて無事を確認するために会ってみることは？」

「分かりました、本人に伝えておきますね」

会わせてくれそうな雰囲気は全くないが、そう言われてしまうとそれ以上追及することも難しい。

すると今度はアリシアが口を開く。

「とはいえ、アルテミア神の教えに聖母という言葉はありませんでしたし、今のような行いも聖典にはなかったと思います。一体どのようにしてあのような素晴らしい救済方法が始まったのでしょうか？」

　先ほどの幼児退行プレイについて、どうにか感心している風を装いつつ尋ねている。相変わらずこういう会話術は上手だな、と思って聞いているとシスターは待ってましたとばかりに話し始めた。

「実は私たちはみな、教会の現状に疑問を抱いていました。当教会の司祭様もしばらく前まではそのような行為に手を染め、私たちシスターも大変心苦しく思っていました。しかし私たちの前に本当の神の言葉を伝えてくださる方が現れたのです！」

「本当の神の言葉？」

「その通りです。今のこの国の教会は、アルテミア神が直接現れないのをいいことに自分たちの利益になるよう、神の言葉を捻《ね》じ曲《ま》げているのです。しかし神……いえ、聖母様はそんな現状を憂いて預言者様を遣わしてくださったのです」

「よ、預言者!?　それは一体……？」

　あんなプレイをするように言う預言者など絶対にろくでもないやつだろう……と思ったが、彼女から話を聞くために俺は否定的な言葉を口にしない。

「はい、レスティア様です。彼女は聖母様の正しいお言葉を告げ、私たちと聖母様の間に教会の上層部などいらないということを教えてくださったのです！　そしてそれまで当教会の司祭として、教えを捻じ曲げる側にいた司祭様も改心されたのです」

それを聞いて俺とアリシアは再び目を合わせる。

話を聞く限り、そのレスティアという人物が今回の騒動の元凶であるように思えるが……。

「レスティア様は今どこにいらっしゃるんだ？　俺も直接話を聞いてみたいんだが」

俺は可能な限り彼女の話を信じている風を装って尋ねる。

するとシスターは少し悲しそうに答えた。

「それが……。どうもレスティア様の預言を快く思わない教会がレスティア様を捕らえようとするので姿を隠しているのだとか。そのせいで、私たちもお姿を見ることが出来なくなってしまったのです」

「なるほど。あなたは会ったことはあるのか？」

「はい、私も一度だけ〝聖母抱擁の儀〟に参列させていただいたのですが、見ている私にも愛が伝わってきました」

うっとりした表情で話すシスターだが、また聞きなれない単語が飛び出してくる。

「〝聖母抱擁の儀〟？」

「はい。特に信仰の篤《あつ》い方には聖母様がレスティア様を通して抱擁をしてくださるのです」

「具体的にはどのように？」

「抱擁は抱擁です」

彼女はうっとりと目を細めながら言う。

ごまかしているというよりは、それ以上の表現を思いつかないようにも見えた。

「それを見て私も迷える人々に聖母様の慈愛を伝えていこうと決意したのです」

謎の〝聖母抱擁の儀〟、それまで腐敗側にいた司祭まであっさり改心したこと。謎は深まっていくばかりだ。

「ちなみにそれに参加することは？」

シスターも少し申し訳なさそうにする。

「すみません……。私たちも本当は多くの方に〝抱擁の儀〟に参加していただきたいのですが……。教会だけでなく領主も私たちを目の敵にしていまして」

「バルタール子爵ですね。私たちはこの地に来たばかりですが、街の様子を見る限りあまりいい方とは思えません」

アリシアがそれっぽく話を合わせると、シスターはうんうんと首を縦に振る。

「そうです。バルタール子爵は神の正しい言葉に耳を傾けるどころか、あろうことか私たちの仲間であるミーシャさんを捕らえたのです！　彼女は〝聖母教〟誕生当時からの信者だったと聞いていたのに……。そして彼の屋敷では〝聖母教〟を信じる者は全員追い出されたとか。それ以来、私たちは彼や彼の手先の前ではこのことは秘密にしているのです」

さすがに教会全体が〝聖母教〟に改宗しているのであればすぐに漏れそうなものだが……。

もしかするとこの街の人たちは子爵の家来も皆〝聖母教〟に好意を抱いていて、教会の実態を黙っているのかもしれない。

「なるほど、お話を聞かせていただきありがとうございました」

そう言ってアリシアは礼儀正しく頭を下げる。

まだ手がかりは十分でないような気もするが、これで大丈夫なのだろうか？　疑問に思ったがアリシアは自信ありげな様子なので俺は彼女に倣ってその場を離れる。

教会を出て周囲に人がいなさそうな場所まで来ると、アリシアが口を開く。

「思いのほか大事《おおごと》になっているようですが、領主はまだ染まっていなかったようで助かりました」

「とはいえそもそも領主がまともだったらこんなことになってない気はするが」

アブノーマルなプレイを広げる教えとそんなものが広がるまで腐敗を許していた領主。部外者からするとどっちもどっちと言わざるを得ない。

「いえ、この際まともであってもなくても、〝聖母教〟の調査に協力してもらえればいいんです」

「でも一体どうやって領主に会うんだ？　俺たちのような冒険者が会ってくれと言っても会ってくれるとは思えないが」

するとアリシアは待ってましたとばかりに胸を叩く。

「大丈夫です、私コネだけは自信がありますから！」

「そう言えばそうだったな」

　自信満々なアリシアの顔を見て俺は彼女が王女であったことを思い出す。こんな辺境の旅にもなじみ、夜はあんな変態プレイを強要してくるのですっかり王女であることを忘れていた。

「どうしたんですか、そんな蔑むような目で私を見て」

「いや、何でもない」

「もっと普段からそういう目で見てくださって構わないんですよ？」

　そう言ってアリシアは妖艶な笑みを浮かべて俺を見上げる。

　本当にこいつは……。

「いや、それよりも今はバルタール子爵だろう⁉」

　アリシアに良くないスイッチが入りかけたので俺は素早く話題を元に戻す。全く、油断も隙もない。

「そうですね、色々方法はありますが私が王女本人だと明かすと面倒なので、王女の命令書を作成しましょう」

　そう言ってアリシアは真面目な表情に戻ると紙を取り出す。

　本当に二重人格か何かなのか？　と感心しながら見守っていると彼女はさらさらとペンを走らせ、

『マグヌス、アリシアの主従は王族の命により辺境で起こっている〝聖母教〟の問題を調べ、解決している途中である。そのため周辺領主は可能な範囲で協力すること。

ローゼンベルク聖王国王女　アリス・オルテンシア・フォン・ローゼンベルク』としたため印章を押す。これでこの紙は立派な〝命令書〟になってしまった。当たり前のように俺のことを〝主〟にするのはやめて欲しいが、いちいち突っ込んでいたらキリがない。

「では子爵に会いにいきましょうか」

「あ、ああ」

こうして俺たちは街の中心にある館に向かうのだった。

荒れ果てた街の中、教会の周りだけはきれいだと言ったが、子爵の館の周りも負けず劣らずきれいだった。民から巻き上げた税金か、汚職で得た金なのか、庭にはきれいな彫像が並び、王国各地の花が咲き乱れている。屋敷の壁はおしゃれな白い漆喰《しっくい》で塗られ、汚れはほとんどついていない。

そんな様子を見ながら俺たちは立派な門に向かう。そこには高そうな鎧を身に着けた兵士が立っていた。兵士がじろじろと蔑むような目で見てくるのに耐えつつ、俺は低姿勢に声をかける。

「すみません、冒険者なのですがバルタール子爵閣下にお会いしたいのですが」

「はぁ？　冒険者なんかが子爵閣下に会える訳がないだろう！」

兵士は馬鹿にしたように言う。

やっぱりな、と思いつつ俺はアリシアが書いた書類を取り出しながら言う。

「そうですか。実は俺たちはアリス王女殿下の命令でとある調査をしており、子爵閣下の協力が必要なのですが……」

「な、お、王女殿下……⁉」

それを聞いた瞬間兵士の顔がみるみる青くなっていく。

それを見て若干愉快になるが、こいつが恐れている王女の本性はああなんだよな、と微妙な気分にもなる。

「分かりました。今すぐ閣下に取り次がせていただきます」

「ああ、頼んだ」

兵士は青い顔をして慌ただしく去っていったかと思うと、やがて別人のようなにこにことした笑みを貼り付けて戻ってくる。

「すみません、お待たせいたしましたお二方。閣下はすぐいらっしゃるので応接室でお待ちください」

「あ、ああ」

あまりの変わりように困惑しつつも、俺たちは屋敷の中へ通された。

廊下にはふかふかの絨毯《じゅうたん》が敷かれ、時折部屋の内装が目に入ると壁紙や家具も高級品ばかりだ。

辺境の荒れた街には似つかわしくない内装に何とも言えない気分になりつつも、俺たちは応接室に案内された。

「いらっしゃいませ、お客様」

そこへ上品なメイド服に身を包んだ女性が菓子やら紅茶やらを持ってくる。あまりの対応の変わりように俺は困惑したが、王女であるアリシアにとってはこの程度のもてなしは慣れたものなのだろう、遠慮することもなく悠然とお茶を飲んでいる。

一方の俺はアリシアの正体を隠しつつ〝聖母教〟についての聴取をしなければならないことへの緊張もあってお茶もお菓子もいまいち味が分からない。

そんな微妙な居心地の悪さを感じつつ待っていると。

「いやあ、大変お待たせした」

やがて高そうな礼服に身を包んだ、ひげを立派に蓄えた男が入ってくる。

彼がこの屋敷の主であるバルタール子爵だろう。先ほどの兵士と同じかそれ以上に、丁寧な愛想笑いを顔に貼り付けて俺たちを歓迎してくれる。

「初めまして。このたびはお時間を作っていただきありがとうございます、子爵閣下」

「いやいや、殿下のご命令とあればお手伝いさせていただくのも領主の役目だからな」

街の様子を思い起こす限り、先ほどの兵士同様目上の者にはこびへつらい、格下の者を見下す、そんな人物なのだろうと心の中で思う。

「それに用件は大体察しがついているからな」

確かにこんな辺境で王族の耳に入るような事件がそんなにいくつも起きることはないだろう。

「本当ですか？」

「ああ、〝聖母教〟のことだろう？」

「はい、その通りです」

「その件については前から憂慮していた。まさかあのような恥ずべき教えが広まってしまうとは！」

　確かに領民がみんなあんな感じになってしまったら領主としては大分恥ずかしいだろう。

「とはいえ恥ずかしながらわしもあの教えがいつからこの地に広がったのかはよく分からない。気が付くと、教会を始め住民のうちかなりの数が奴らの教えに染まっているようだった」

　それはあなたの統治が悪いからでは、と思ったが口に出すのは堪える。

「子爵閣下は彼らの仲間であるミーシャという人物を捕らえたと聞きましたが」

「ああ、そうだ。ふむ……そういうことならミーシャを呼んだ方が話が早そうだな」

「是非お願いします！」

　ここまでとんとん拍子に話が進むとは。

　先ほどまで門前払いを喰《く》らうところだったのに、王族が絡むと途端に話が早くなるなと思ってしまう。

「おい、ミーシャを連れてこい」

「は、はい」

子爵の命令に、兵士の一人が慌てて部屋を出ていく。

しばらくして兵士は一人の女性を連れて戻ってきた。

連れてくる、と言うから俺はてっきり彼女が牢《ろう》のような場所に入れられていると思っていた。が、連れてこられた彼女の様子は明らかに異様だった。

その人物は二十代前半の若い女性で、二つ結びにしたライトブラウンの髪に、きりりとした顔立ちの美人なのだが、なぜかメイド服を着せられている。メイド服と言っても先ほどのメイドのような上品なものではなく、胸元は露出しスカートも短い。普通の貴族はメイドにこんな服は着せないだろうし、どちらかというと俺が買ってしまった本に出てきそうな服だった。

そしてそんな服の下から彼女の大きな胸とお尻がこぼれんばかりに存在を主張していて、正直とてもエロい。

が、そんな彼女を見て子爵は声を荒らげる。

「ええい、来るのが遅い！」

館がそれなりに広い以上、呼ばれてすぐ来ても今ぐらいの時間はかかるような気もする。ミーシャも同感だったのか、顔をしかめて言い返す。

「はぁ⁉　庭の手入れを命じられてたんだからこのぐらいかかるのは当たり前……」

が、そう言いかけた時だった。

突然子爵は短いスカートをめくると、一切の躊躇《ちゅうちょ》なく彼女の尻に手を振り下ろす。

パシィイイン‼

「ひぐぅっ⁉⁉」

いきなり尻を打たれ、悲鳴とともに甲高い音が室内に響き渡る。身体《からだ》が震えて短いスカートから中に穿《は》いているものがちらちらと覗《のぞ》く。

そんなミーシャを、子爵は威圧するように見つめる。するとミーシャは一瞬悔し気に睨《にら》み返したが、すぐに声を震わせて絞り出すように言う。

「く、口答えして申し訳ございませんでしたっ……！」

「全く、罪人のお前をこうして使ってやっているというのに」

そう言いつつも子爵は本気で怒っているというよりは嗜虐《しぎゃく》的な笑みを浮かべている。

まるでこうしてミーシャに罰を与えることを、そしてミーシャがそれに屈辱を覚えることを楽しんでいるかのようだった。

いくら彼女がカルト教派にいたとはいえ、どう見ても趣味の悪い行為だ。彼女を連れてきた兵士にとっては見慣れた光景なのだろう、こんなものを見せられても表情は全くの〝無〟だった。

それを見て俺は内心ため息をつく。

今までの俺ならこんな光景を目の前で見せつけられればただただ不快な気持ちになるだけだっただろう。しかし今の俺はそれ以上に隣に座っているアリシアのことが心配になる。

「はぁ、はぁ……♡」

危惧した通りというか、アリシアは目の前に広がる光景を見て息を荒くして目を輝かせている。あのミーシャという女性に感情移入しているのだろうか。まずい、このままではアリシアに変なスイッチが入って余計に話がややこしくなる。

そう思った俺は咄嗟《とっさ》にアリシアの目を手で塞ぐ。

「きゃあっ⁉　何するんですか⁉」

「これ以上見るな」

「も、もしかして目隠しプレイ……？」

「違う、そうじゃない！」

幸か不幸か、目の前の出来事への不快さよりもアリシアへのいら立ちが勝ってしまう。

そんな俺たちの会話も耳に入らないのか、子爵はミーシャの尻を叩く。情報を聞くためとはいえ、黙って見ているにはなかなかに不快な光景だ。そして何発か叩くと子爵はようやく満足したように手を止めて俺たちに向き直る。

「……おっと、そういえば今は冒険者たちがお前のした悪事について聞きたいとのことだから話してやれ」

「は、はい」

尻叩きが終わったのを見て俺はアリシアの目から手をどける。

ミーシャも元々は気の強い性格だったのだろうが、お尻を打たれてすっかり子爵に逆らえなくなっているようで、屈辱的な面持ちで話し始める。

「えっと、私は元々この街の教会で助祭をしていた。当時の私は司祭のアルフィナさんと一緒に、恥ずかしながら免罪符の販売などの汚職をしていて……」

「全く、聖職者の癖に薄汚いことを」

子爵が軽蔑するような目で見ると、ミーシャはきっと彼を睨み返す。

「自分も加わってた癖に……」

が、彼女がそう言いかけた瞬間子爵は手を振り上げる。

パシィィィィン!!

「ひっ、ごっ、ごめんなさいっ！」

尻を打たれた瞬間、ミーシャの表情が変わる。

俺は慌ててアリシアの目を塞ぐが、再び彼女の呼吸が荒くなっていく。くそ、何て王女の教育に悪い子爵なんだ。元々汚職に関わっておきながら今は平気で知らない振りをしていることよりも、そちらにいら立ってしまう。

「こほん、そんなある日、私はアルフィナさんに声をかけられたの。免罪符とかは国全体で問題になってるし、近いうちに取り締まられる可能性がある。それよりも新しい信仰を使った方が儲《もう》かるって」

「儲かる?」

教会のシスターと話した印象で、無意識のうちにミーシャも信者なのかと思っていたが、そういう訳ではないらしい。

「そう、彼女が言うには〝聖母教〟を人々に広めて、〝正しい信仰を広めるために使うお金〟ということにして寄付を募った方がいいって。少し悩んだけど、教会のシスターたちも今までのやり方に疑問を持ち始めていて、だから私は〝聖母教〟に乗ることにしたの」

うわっ、さっきから子爵のクズさが目立っていたがこいつもなかなかのクズだ……。

俺の中で一気にミーシャへの同情が引いていく。

「ふん、本当に醜いやつらだ」

まあふんぞり返ってこんなことを言っている子爵も負けず劣らずクズではあるのだが……。

ミーシャは一瞬子爵を睨みつけたがさすがに学習したのか、ぐっとこらえて話を続ける。

「そんな時にアルフィナが見つけてきたのがレスティアだった。外見はまごうことなき美少女で、話し方や立ち居振る舞いにもカリスマがある。そして彼女自身は本気で人々の役に立ちたいと思っていた。そこで私たちは〝聖母抱擁の儀〟というそれっぽい儀式を考えたの」

つまり聖母抱擁の儀は、平たく言えば詐欺だったということか?

その割にはあのシスターは心酔していたような……。

「最初はおもしろいように儲かったわ。免罪符を売る時に身に着けた話術で新たな教えを説き、〝抱擁の儀〟を見せる。そして信仰を植え付けたところで、新しい教えは迫害されているから広めるのにお金が欲しいとにおわせ、寄付してくれた人にはレスティアにそれっぽい言葉をかけてもらう。免罪符と違って相手が貧しい人ばかりだったから最初は大変だったけどだんだん軌道に乗っていって」

彼女の話は相当最悪なのだが、話を聞くために俺はぐっと我慢する。

一体この金儲けがどうしてあんな風になっていったのだろうか。

「でもそんなに儲かってるのにだんだん周りがおかしくなっていって。ある日のこと、私は急に〝破門〟を言い渡されて。それでこれまで蓄えたお金を全部取られて追放されたのよ。しかも家に帰ったら兵士が待ってたって訳」

「ああ、どうも衛兵の元に通報があったらしい。全く、カルト教派に入って金儲けをしてたのにそれがばれて追放されるなんて本当に愚かだ」

子爵は愉快そうに言うが、全部お前の領地で起こっている問題なんだが。どう考えても愉快そうにしている場合じゃないだろ。

子爵の言葉にミーシャは悔しそうに唇を噛《か》む。

「くっ……」

「そ、それより周りがおかしくなっていったってどういうことだ？」

さっさと調査に必要な情報を聞き出そうと、俺は色々なことを無視して問いかける。

「何回か儀式をやった後ぐらいからかな。だんだん儀式中のレスティアから本当に魔力を感じるようになって、出てきた後もみんなうっとりした顔をしてたりとか、男の信者が急に気持ち悪いことを言いながら抱き着いてきたりとか。うぇっ、思い出すだけで吐き気がしそう」

そう言ってミーシャは顔をしかめる。

俺も先ほどの教会でのことを思い出すが、あんなやつが何人もいたら頭がおかしくなりそうだ。

「儀式はただの演出だって知ってるはずのみんなも本気で感動してるみたいで。アルフィナも直接〝聖母抱擁の儀〟を受けてから金じゃなくて本気の信仰になったみたいで。私はどんどん肩身が狭くなってきて。はぁ、お金に目をくらませずに途中で逃げておけばこんなことには……」

「つまり、最初は詐欺のつもりでレスティアに儀式をさせていたら、本当に魔法の力を得てしまったと？」

「そうよ」

俺の言葉にミーシャは頷く。

嘘から出たまことと言うが、まさか詐欺から出た教祖がいるとは。

「なるほどな。あれ、でも教会にいたシスターはミーシャのことを仲間だけど捕まったと思っていたみたいだが」

「ああ、なぜならアルフィナがミーシャの罪を告発すれば最初は詐欺だったとばらすことになる。そうすれば信者たちは『自分たちも騙《だま》されているんじゃないか』と不安になるだろう？　だからミーシャは敬虔《けいけん》な信者だったのにわしに捕まったように思わせたんだろうな」

子爵の言葉を聞いてミーシャは悔しそうにしているが否定はしなかった。

「まあこんな救いようのないやつだが体だけはいいからこうして使ってやってるという訳だ。ぐふふっ、他にも訊《き》きたいことがあれば何でも彼女に訊いてくれたまえ。調査に関係ないことでも構わん」

そう言って子爵はいやらしい手つきでミーシャの腰に触る。

心底不快そうな顔をしつつも、何度も叩かれたせいか、されるがままになっているミーシャ。

それを見て暗澹《あんたん》たる気持ちになりつつも、俺は必死に調査のことに頭を集中させる。子爵はこんな感じだし、アリシアもさっきから妄想の世界にトリップしかけてるし、ここは俺がしっかりしなければ！

そもそも俺はアリシアの要望でこの件について調べてるのにどうして俺だけがこんなに一生懸命にならなければいけないんだ？　そんな思いはあったが、実際に被害も出ている以上放置しておく訳にもいかない。

「先ほど会ったシスターも完全に〝聖母教〟を信仰しているようだったが、〝聖母抱擁の儀〟というのはそんなにすごいものなのか？」

「えぇ、私は遠くから見ただけだけど、彼女からは大きな魔力を感じたわ。そして〝抱擁〟を行われた男は突然ママがとか言い出して、子供みたいにうるさく泣き始めて……」

ミーシャは不快そうに言う。

普通の魔法を神の力だと錯覚させるなんて出来るのか、と思ったが隣にいる変態でも〝聖なる力〟が使えるのだからそれぐらい出来てもおかしくはない。

「でしたらそのレスティアという方は現在一体どこにいるのでしょうか？」

今度はミーシャよりは子爵に尋ねる。

〝聖母教〟の信者たちはレスティアの言葉なり儀式なりで、洗脳されてるにしろ良かれと思ってやってるにしろカルト教派を信仰している。だから解決方法は大本であるレスティアと会って預言が嘘であることを暴くか、カルトまがいの行為をやめさせるしかない。

すると子爵は少しだけ神妙な表情になった。

「当然わしも調査させているのだが、それがなかなか尻尾を出さなくてな。ミーシャがいた時は教会の地下室でこそこそ儀式をしていたらしいが、そこにも姿を現さなくなってしまった」

「そうですか……」

まあレスティアの居場所が分かっていればすぐにでも捕まえているだろうし、向こうも最優先で隠すだろう。

「恐らくこの街の近くに潜んでいるのではないかと思っているが、まさかその辺の民家で暮らしている訳ではないだろう。だからわしは、街の隣に広がるオグリスの森に潜んでいるのではないかと思っている」

「オグリスの森？」

「ああ。動物や植物の魔物が多く、猟師もあまり奥までは立ち入らない森だ。預言者を名乗るぐらいならそれなりに魔力もあるだろうし、中に潜んでいる可能性は高いと思っている」

「他に怪しい場所はないでしょうか？」

「ない。街中の怪しい場所はおおむね捜索させたからな」

この子爵の調査能力をどこまで信用していいのかは分からないが、レスティアを捕まえようとしているのは本気のようだった。それに先ほど教会で会ったシスターも気軽に会えないというようなことを言っていた。ならば森にいる可能性もあるのかもしれない。

「……アリシアはどう思う？」

隣でぽわ～っとした目でミーシャを見つめるアリシアに俺は尋ねる。

「はい、主人とメイドというシチュエーションもなかなか……」

「そうじゃなくて事件の話だ！」

本当に何を言ってるんだこいつは。

俺が声を荒らげるとアリシアは慌てて真面目な表情に戻る。

「はいっ、私も街中にいる可能性は低いと思います。そのような魔力の持ち主が儀式を行えば、魔力に対しての感覚が鋭敏な人が近づけば見つかってしまう可能性もありますので。ちなみに森というのはどのぐらい危険なのでしょうか？」

「ああ、それなのだが、森の中で一番危険なのはグリズリーだろう。他にも凶暴な動物がうろついていると聞く。また、強さはさほどでもないが、毒を持った虫や捕食植物が常に不意打ちのタイミングを窺《うかが》っているらしい。大人数の兵士を差し向ければ損害が増えるだろうし、小回りの利く冒険者を差し向けようと思っていたところだ。よく分からなくてすまんな」

「いえいえ、有用な情報をありがとうございます」

先ほどまで不埒《ふらち》な妄想にふけっていたとは思えないぐらい礼儀正しく頭を下げるアリシア。

「他に何か聞きたいことはあるかね？」

「いえ、ありがとうございました」

用が終われば一刻も早くここを出たかったので、俺たちは部屋を出る。

手がかりになりそうな情報は得ることが出来たが、子爵もミーシャも負けず劣らぬクズだったせいで、どっと疲れが押し寄せる。くそ、今回の相手は〝聖母教〟とはいえあのクソ子爵をどうにかすることは出来ないものか？

そんなことを考えていると、長時間の会話だったせいか俺はふと尿意を催す。

「あの、すいません」

「何でしょう？」

「ちょっとお手洗いに……」

俺は案内の執事にトイレに連れていってもらう。貴族の館はトイレまで立派なんだな、と思いつつ戻ってくるとアリシアは館のメイド（ミーシャではなくちゃんとしたメイド）から袋に入った何かを受け取っていた。お土産か何かだろうか？

疑問に思いつつも、その後俺たちは玄関まで丁重に見送られ、屋敷を出るのだった。


「は～、何かどっと疲れた……」

屋敷を出てから俺はため息をつく。聖母教も子爵もミーシャもみんな違う方向性でやばいやつらだった。

大分時間が経《た》っていたのか、すでに辺りは大分暗くなっていた。するとアリシアもうんうんと頷く。

「確かに、なかなかな方でしたね」

いや、子爵との会話で疲れた原因の半分はお前なんだが。

「あいつ、アリシアの力でどうにか出来ないのか？」

「さすがに難しいですね。今回の件《けん》の真相をつまびらかにして領主としての落ち度を明らかにするのが一番だと思いますよ」

「結局、レスティア探しを頑張るしかないってことか」

あのクソ子爵をどうにかするためと思えばやる気も出てくる。

「そう言えば、さっき何かもらってたが何だったたんだ？」

「あ、それは秘密です。まあすぐに分かりますよ」

「ふ～ん？」

まあ大したものではないのだろうと思いつつ、俺は遠くに広がっているオグリスの森を見つめる。夜の闇の中、少し離れているだけあって森は不気味に見えた。

「しかしそんな恐ろしい森となると、いきなり入るべきかどうかは少し考えないとな」

「そうですね、本当にレスティアさんが森にいるとしても、せめてどの方角にいるのかぐらいは知りたいところです」

アリシアも神妙な顔をする。本当に、真面目な時とそうでない時の落差が激しすぎる。

「その辺もちょっと調べてみたいが、一体誰に話を聞こうか……」

「今日はもう遅いですし、いったん宿に戻りましょう。ゆっくり休んだ方が妙案も思いつきますよ」

「まあそれもそうか」

こうして俺たちは宿に向かうのだった。

俺たちは手早く夕食を済ませると、それぞれの部屋に入る。一息つくと、疲れもあってすぐに眠気が押し寄せてくる。

そのままベッドに入って眠ろうか、と思った時だった。

コンコン

不意にドアがノックされる。

「あの、失礼してもよろしいでしょうか？」

「アリシア？」

こんな夜中に何の用だろうか。

疑問に思ったが、特に断《こと》わる理由もないので俺は「どうぞ」と言ってしまう。

……とはいえ、今まであったことを考えれば今から起こることは予想が出来たかもしれない。疲れているということもあって何も考えずにアリシアを部屋に入れてしまったことを俺は死ぬほど後悔することになるのだった。

「では……失礼します」

なぜか少し緊張した声とともにガチャリとドアが開く。

「アリシア、一体何の用……げっ!?」

入ってきたアリシアの姿を見て俺は全てを察して凍り付く。

そこに立っていたのは昼間子爵の屋敷で会ったミーシャと同じ、いかがわしいお店でしか見ないようなメイド服に身を包んでいるアリシアの姿だった。

きれいな銀髪の上にはメイドであることを示すヘッドドレス。

普段は服の下に隠れているが、実は大きな胸を強調した胸元。そして同じく普段は隠れているきれいな太ももを強調するミニスカート。しかしメイド服についたフリルやレースとアリシア自身のかわいらしさが合わさって、不思議とかわいいドレスにも見えてしまう。

本人が美少女だけあって、こんな恥ずかしい衣装もよく似合ってしまっているが、正直かなり目に毒だ。

帰り際、メイドから何か受け取っていたようだったがまさかこんなものをもらっていたなんて。真面目な情報収集の傍らで自分の性癖を満たす準備をしていたと思うと開いた口がふさがらない。

そんな俺にアリシアは笑顔で近づいてくる。

「今日はご主人様がお疲れのようだったので、メイドとして癒しにまいりました」

「いや、何のつもりか知らないが本当にそういうのはいらないから……」

「いえいえ、ご遠慮なく。日頃ご迷惑をおかけしている分、ご奉仕させていただきたいんです」

どうせまたよからぬことを企《たくら》んでいるんだろう、と警戒してはいてもアリシアのような美少女に、メイドコスプレしてそう言われるとどきりとしてしまう。

しかし一体なぜこんなことを？　まあいたぶられるのが好きだから奉仕するのも好きと

言われたら分かるような気もするが……。

「実は私、マグヌスさんにはすごく感謝してるんです」

俺が困惑していると、アリシアは少し真面目な口調で言う。

「え？」

「あの時、私は王女として意に添わぬ婚約をさせられてしまいそうだったのです」

あの時、というのは俺の元に押しかけてきた時か。俺にとっては雲の上の世界だが、王族や貴族ともなると、結婚する相手は勝手に決まるし、人によっては生まれた時から決められていることもあるという。きっとアリシアも、ローゼンベルク聖王国にとって都合のいい相手との婚約が決められていたのだろう。

あの時は何であそこまで強引に押しかけてきたのか疑問に思っていたが、そういう事情があったのか。

「最初は現実逃避で会いに行ったのですが、話しているうちにどうしても一度だけおしおきされたくなってしまって。婚約してしまったらお相手以外の方とそういうことをするのは良くないですから」

そこはまともな感覚があるのか。

「何でそれを言わなかったんだ？」

「だってそう言えば余計追い返されそうな気がしたので」

その状態で弟子なんかにしてしまえば俺は婚約相手から目の敵にされるだろう。

……ん？　その状況は今も別に変わってなくないか？

俺が相手の男だったら醜聞を垂れ流している錬金術師が婚約しようとしている女性と二人っきりで旅をしているなんて聞いたら絶対に激怒するだろう。しかも今もこうしてやましい事実が積みあがってきている。その事実に俺はみるみるうちに嫌な予感が募っていった。

「ち、ちなみに相手は誰だったんだ？」

「大司教の息子さんです」

ざっくり言えばアルテミア教会の一番偉い人の息子であり、次代の一番偉い人でもある。

「うわぁ……」

まあ王族の結婚相手ということはそのクラスだよな。

そんな人物を敵に回すなんて、考えただけで体が震えてしまう。

「そんなに嫌なやつなのか？」

聞いてから俺は少し後悔する。政略結婚なんて相手がどんな人だろうがいい気分ではないだろう。

が、アリシアは力強く頷いた。あまり他人を悪く言わない彼女がこんなに強く肯定するなんて、と思っていると。

「はい、前にお会いした時、『これは政略結婚だからお互い過度な束縛をしないようにしよう。住居は屋敷の一角を好きに使っていいし、公務の時以外は好きに過ごしていい』と言われて」

「政略結婚の相手としては理想的なんじゃないか？」

が、俺の疑問にアリシアは不満そうに口を尖《とが》らせた。

「そんなことありません！　もっと厳しく束縛されたかったですし、『自分のいないところで男と会ったらおしおき』ぐらいは言って欲しかったです！」

「やっぱあの時無理矢理にでも王宮に送り返せばよかった」

そう言いつつも、アリシアがどこかの誰かの妻になっている姿を思い浮かべると何となく嫌な気持ちになる。アリシアはそいつにもこんな風におしおきだのなんだのを要求するのだろうか？　そいつの前でもこんなきわどいコスプレをするのだろうか？　そう考えるとなぜか不快な気持ちになってくる。

くそ、俺には関係のないことなのになぜこんなことを考えてしまうのだろうか。

「それは酷いです！　……まあ、ですから、感謝しているのは本当なんですよ？」

そう言ってアリシアは俺に近づくと、肩を揉んでくる。束縛云々《うんぬん》の話はともかく、やはり政略結婚には思うところがあったのだろう。彼女の小さくて華奢《きゃしゃ》な手ではあまり揉まれてる感じはしないが、一生懸命さは伝わってくる。

そして王女であるアリシアがこんなことをしている、という事実と、こんな際どい衣装を着た美少女がすぐ後ろで肩を揉んでいる、という二つの理由で俺の心臓は激しく脈打つ。

「他にもして欲しいことがあったら何でも命令してくださいね？」

「いや、別に……」

「私は今メイドですからご主人様の言うことは絶対聞かないといけないんですよ？」

アリシアは何かを期待するように耳元でそう囁《ささや》く。

絶対、という言葉に思わず身体がぞくりとしてしまう。

「さあ、早くご命令を」

肩を揉みながら耳元で囁いてくるアリシア。

恐らくはもっと強引な命令や屈辱的な命令を期待しているのだろう。そうか、彼女の目的はこうやって俺を誘惑してその手の命令をさせることだったのか。

もちろん、俺だってこんな美少女がこんないやらしいコスプレをしてくれたら、そういう邪《よこしま》な気持ちにならない訳ではない。

とはいえ俺の一番の願いは眠いから寝ることだ、と懸命に自分に言い聞かせる。

「じゃあもう寝かせてくれ」

「それはだめです」

ご主人様の言うことを絶対聞くと言っていた割には、俺の要求は瞬時に却下されてしまう。いくら服装を変えてみても内面は全く変わらないらしい。

仕方なく彼女は俺の肩を揉み続ける。

しかしいくら王族で魔法にも長けているとはいえ所詮は少女。肩揉みには力は足りない。

俺の体は休まるどころかどんどん緊張に包まれていく。

「どうですか？」

「いや、ちょっと力が弱いような……」

「す、すみません！」

珍しく本心から申し訳なさそうに謝るアリシア。とはいえ彼女の握力では全力を出したところでたかが知れている。

早いところ満足してもらうために無難な頼み事をするか。

「分かった。じゃあ紅茶を淹《い》れてくれ」

「は、はい」

お茶を淹れて俺が満足した雰囲気を出せばアリシアも満足して帰ってくれるかもしれない。

それに寝る前ではあったが今の騒ぎで喉が渇いてしまったのは事実だ。

するとアリシアは魔法で湯を沸かし、彼女の荷物の中に入っていたと思われるティーセットでお茶を淹れる。お城でも自分で淹れていたのか、それなりに慣れた手つきだ。

しかし。

「はい、お茶をご用意出来ました……うわっ、きゃあああああっ」

アリシアは見事なまでの棒読みで悲鳴を上げるとよろよろと俺の方に倒れてくる。突然のことに俺が呆気《あっけ》に取られていると、アリシアの手に握られていたカップからお茶が溢《こぼ》れ、俺に降りかかる。

「うわっ⁉」

パシャッ！

お茶がかかり、服が少し濡《ぬ》れてしまう。

そして目の前ではアリシアが床に倒れていた。そして俺を見るとわざとらしい表情で謝ってくる。

「痛っ……はっ、私はご主人様に何てことをしてしまったのでしょう！」

それを見て俺は彼女の意図を全て察してしまう。

やっぱり、結局こうなってしまうのか。

「……」

俺にはその謝罪が白々しく聞こえて仕方ない。

ここまでしておしおきされたがるなんてどれだけ変態なんだ。

そしてアリシアは勢いよく俺に頭を下げて言う。

「申し訳ございませんご主人様！」

「……」

こういうことをされるとさっきまでの感謝とか、俺に対する恩義の気持ちとかも全てが嘘だったのではないかと思えてきて苛立ってくる。

「さぁ、粗相をしてしまったメイドにおしおきをお願いします！」

やはりあの屋敷でメイドというものによくない憧れを抱いてしまったせいだろうか？

アリシアはうっすらと頬を染め、上目遣いでこちらを見つめながら言う。

「今の私はご主人様の命令に絶対服従のメイドです。ですから王女であることは忘れて厳しくおしおきしてください」

「くそ、子爵のところで間違った知識を覚えて……」

「確かに子爵は領主としては、いえ人としても問題のある人物ですが、ご主人様としてはなかなか見習うべき人物だと思いますよ？　私も今はメイドですから、あんな風に所有物のように扱っていいのですよ？」

それを聞いて俺は屋敷でのことを思い出してしまう。

というかアリシアは相手があんなやつでも同じようにおしおきされたいと思うのだろうか？　そう思うと急に腹が立ってくる。

そう言えば、さっきも婚約者にそういうことをされたいとか言っていたような……。

そう思うと、お茶をこぼされたこととは別にイライラしてくる。

「あの子爵が見習うべきやつ？　お前、あんなやつにもおしおきされたいって思ってるんじゃないだろうな？」

「そ、そんなことは……」

否定しようとするがアリシアの言葉からはどこか動揺のようなものが感じられる。もしかして少しでもあんなやつに憧れを抱いたのだろうか？　そんな考えが余計に俺を苛立たせた。

「いいだろう、そんなにおしおきがして欲しいならしてやるよ！」

「は、はいっ！」

俺が叫ぶとアリシアは急いで床に手を突く。

うわっ……。

子爵がミーシャを辱めるためだけにデザインしただろうメイド服は胸元が大きく開いている。もし俺がアリシアの前に回れば、彼女の深い谷間が見えてしまうことだろう。さらに問題なのはスカートの丈が短いことだ。アリシアが床に手を突いただけでスカートがめくれて、ぷっくりと膨らんだお尻を覆う下着が見えてしまう。

しかしこんな扇情的な格好と姿勢をしているアリシアが、一歩間違えば別の男に〝おしおき〟されてしまうかもしれない。そう思うとさらに苛立ちが募っていく。

「婚約者の話が出た時も、盗賊が出た時もそうだ。お前は〝おしおき〟してもらえるなら誰が相手でもいいのか？」

「そっ、そんなことはありませんっ！」

今までの〝おしおき〟の時と俺の雰囲気が違うせいか、アリシアの口調からもどこか本気の焦りが感じられる。

俺はそんなアリシアの尻を叩くべく、この前〝祝福〟された鞭を取り出した。

「私がおしおきされたいのはご主人様だけ……」

「じゃあ子爵邸で興奮していたのはどうしてだ？」

俺はアリシアの言葉が終わる前に鞭を振り下ろす。

パチィィィィィィイン‼

「痛っ‼　ああああああああああっ♡♡♡」

小気味いい音が響くと同時に、アリシアの口からは悲鳴と同時に色っぽい声が上がる。

前回はただの布鞭だったが、今回はアリシアの力で強化されているせいか、アリシアの表情は苦悶《くもん》と快感が同居しているように見える。

それを見て俺はつい一瞬、「さすがにちょっとやり過ぎたか？」と思ってしまう。

いつもなら我に返って手が止まってしまっていたかもしれない。

が。

先ほど思い浮かべた子爵がメイド服姿のアリシアのお尻を触ろうとしている光景が脳裏をよぎり、気が付くと俺は鞭を振り上げていた。

「そんなこと言って、子爵に〝おしおき〟されることを想像して興奮してただろうが！」

パチィィィィィィイン‼‼

「ひぐぅぅぅぅぅぅぅぅぅっ♡♡」

先ほどよりも大きな音が響き、アリシアの口から悲鳴が漏れる。

怒りのあまり、先ほどよりもさらに力がこもってしまった。

「ち、違うんですっ！　信じてください、あれはそういうことではなくて……」

今までのようにただ快楽に溺れるのではなく、今の彼女からはどこか切実さを感じる。

祝福された布鞭で叩かれるのはさすがの彼女でも快感より痛みが勝つのだろうか？

が、俺はなぜかそんな彼女に無性にいら立っていた。そしてアリシアが言い訳を終える前に鞭を振り下ろす。

パチィイイイイイン!!

「あああづ♡♡　ごっ、ごめんなさいっ♡　えっと、あっ、あれはっ♡　違うんですっ♡　そういうことじゃなくてっ♡」

「何が違うんだ？」

俺は低い声で尋ねる。それはまるで本当に主人がメイドを叱責しているような声だった。

「あの時私が興奮してたのはっ♡　子爵がミーシャさんにしていることをご主人様と私に置き換えて妄想してただけなんですっ♡♡」

痛みと快感に耐えながら必死に弁解するアリシア。

大事な聞き取り調査中にそんな妄想をするのも最悪じゃないか、と思ったが、不思議と俺はそれを聞いてほっとしてしまう。

が、ほっとすると同時にすぐに次の疑問が浮かび上がってきた。

「じゃあ、婚約者におしおきされたいって言ってたのは何だ？」

「そっ、それはっ……♡」

もしアリシアが俺の元に来なければ、彼女は顔も知らない男にこういうことをされて喜んでいたかもしれない。

パチィイイイイイイン!!

「ああああんっ♡♡♡　ごっ、ごめんなさいっ♡　だってっ♡　あっ、あの時はまだご主人様におしおきしていただく前だったので……」

「つまり婚約者でそういう妄想をしたのは事実だった、と」

アリシアがドがつく変態なのはずっと思い知らされてきたこと。

そんな彼女が俺と会う前に他の男に対してそういう妄想をしてしまうのは自然、というかむしろ当然のこと。そしてそれは俺にとって関係ないはずのこと。

それなのに俺は無性にいら立ってしまう。

「ごっ、ごめんなさいっ♡　ご主人様のメイドなのにっ♡　一瞬でも他人の物になるところを想像してしまってごめんなさいっ♡♡」

あの完璧美少女のアリシアが、こんな破廉恥なメイド服を着て、顔を真っ赤にして俺に謝っている。

ペラペラな生地のメイド服は汗でじっとりと体に張り付き、短いスカートからはお尻が丸見えというあられもない格好だ。

そんな扇情的な格好もあいまって再び俺のいら立ちは大きくなっていく。

「やっぱり他の男におしおきされたがってたじゃないか、この変態嘘つきメイドめ！」

パチィイイイイイイイイイイン!!!!

「ああああああっ♡♡　そうですっ♡♡　私は隙あらば誰かにおしおきされることを妄

想してしまう変態ですっ♡♡　こんな変態マゾメイドをっ♡♡　ご主人様以外の物にならないようにしっかり躾《しつ》けてくださいっ♡♡」

そう言って必死に俺に向かって懇願するアリシア。

こんな美しい声なのに、こんなマゾ奴隷のような言葉が出てくるなんて。

そのことに俺も得体の知れない興奮に包まれ、今までよりもさらに手に力がこもる。

「そうだ、お前みたいな変態メイドはもっと強く叩いて躾けないとな！」

「そんなっ♡　さっきのもかなり気持ち良……いえ、痛かったのにこれ以上強くされたら……♡♡」

いつものような自分がもっと快感を得るための言葉ではなく、これ以上されたら本当にどうにかなってしまうという焦りが籠った言葉。

それを見て俺は思いっきり鞭を振り下ろす。

パチィイイイイイイイイイイイイイン!!!!

「あああああづ♡♡　そんな強くされたらっ♡　私っ♡　もうっ♡　もうっ……♡♡」

その時だった。不意に彼女の体から白銀色の聖なる魔力が溢《あふ》れ出《だ》す。

「ん？」

それを見て俺ははっとおしおきモードから我に返る。しまった、ついらしくなく本気で苛立ってしまっていたが……そう言えばこのプレイは一応この力のためにやっていたんだったか。今回は一体何が祝福されるんだ？

そう思っていると、光はそのままアリシアの体全体を包んでいく。先ほどまでの変態プレイが全て嘘のような清浄な光に包まれ、元の容姿の美しさもあいまってまるで天使のようにすら見える。

そんな光景を呆然《ぼうぜん》と見つめているうちふと気づく。

そうか、この光は正確にはアリシアの体ではなく彼女が着ているメイド服を包んでいるのか。アリシアの体が輝いているように見えるが、正確には彼女のメイド服がきらきらと した輝きを放っていた。

やがて光は収まり、やたらときらきらしてはいるがやはり破廉恥なメイド服を着たアリシアだけがその場に残る。

「こ、これは……」

「はぁ、はぁ……。どうやら、今回はメイド服を〝祝福〟してしまったみたいですね……」

アリシアもさすがに予想外だったのか、呆然としたように言う。

「そんなことまで出来るのか？」

「よく分かりませんが、多分鎧とかを〝祝福〟するのと同じ感じですよ」

そんなことがあるのか？　と思うが実際に起こっているのだから仕方ない。

「でも鞭といい、メイド服といい何でそんなしょうもないものがいちいち〝祝福〟されるんだ？」

「これはあくまで予想ですが……。この力って私の心の動きに連動しているじゃないですか。きっと発動の瞬間に私が一番強くイメージしていた物が〝祝福〟されるのでは？」

そうか、前回は鞭で叩かれて発動し、今回はおしおきメイドプレイで発動したからそうなるのか。納得はしたが、現状アリシアが鞭で打たれた時しか発動しない以上ただの変態な力だ。くそ、こんな変態が持ってしまったばかりに〝祝福〟がこんな力になってしまうなんて……。

「一応聞くがもっと別の物をイメージしながら発動することは出来ないのか？」

「無理ですよ、それは。あれは私がマグヌスさんのおしおきに完全に没入して、もうそのことしか考えられない……ってなった時に発動するんですから」

アリシアは顔を赤くして少し恥ずかしそうに言う。

「……」

聞いているこっちまで恥ずかしくなってきそうだ。

俺が黙っていると、アリシアは顔を赤くしたまま言う。

「あと、すみませんでした。マグヌスさんにこのようなことを依頼しておきながら、他の方で妄想してしまうなんて。今後は気をつけます」

「……!?」

確かにそれで苛立っていたが、俺の苛立ちに対してそう正面から謝られるとかえって困ってしまう。それじゃあまるで俺が嫉妬深い彼氏みたいじゃないか。俺はただアリシアの依頼で一緒に調査をしている冒険者に過ぎないというのに。

とはいえ実際嫉妬していたので、何も言い返せない。

ま、まあ性格はあれだが見た目はすごくいいからな。ああいう言動をされると苛立ってしまうのだろう。それに相手が俺だから良かったものの、うっかり変なやつにこの性癖を見せて事件になると困るし俺が手綱を握っておくのが一番合理的というだけだ、と俺は無理矢理自分を納得させる。

「それと今回は、私に言われて仕方なくとか〝聖なる力〟のためとかではなく、心から私を躾けてくださったのですよね？」

「っ⁉」

いつもと違って少し恥じらいを含んだ様子のアリシアに俺は思わずどきりとしてしまう。普段なら「そんなことない」と即座に否定するところなのになぜかその言葉が出てこない。

「ですから私も今までと違って……い、いえ、何でもないですっ！　とにかく、遅くまですみませんでした！」

そう言ってアリシアはぺこりと一礼すると慌てたように部屋を出ていく。

一人になった俺は大きくため息をつくとベッドに倒れ込むのだった。

幕間《まくあい》三

「はぁ……。まさかこんなことになるなんて」

あれから何日が経《た》っただろうか。相変わらず絶望的なまでに平べったいままの胸を押さえてウェンディはため息をつく。

数日分の薬を調合してしまったため毎日使い続けたものの、平べったい胸は敏感になるばかりで全く膨らむ気配はなかった。もちろん、レシピを教えてくれた者や高価な材料を売った者たちに抗議に行ったものの、「効果には個人差がある」「他の材料が悪かったせい」などと言われるばかり。中にはすでに店を畳んで街を去っている者もいて、さすがのウェンディも自分が騙《だま》されたことを悟る。こういうのは詐欺まがいのものが多いとマグヌスは言っていたが、こんなことまで彼が正しかったなんて。

その間もウェンディの元には今まで薬を渡した相手からのクレームや、彼女には調合出来ない薬の依頼などがひっきりなしに届いていた。もちろん肝心の調合の方も全くうまくいかない。

そんなウェンディにとって工房の中はもはや気が休まる場所ではなく、気が付くと彼女は外に出ていた。

「はぁ……。こんなことになるならあんなことしなければよかった……」

ため息をつきつつ、あてもなく街をさまようウェンディ。

気が付くと彼女は街はずれの人気《ひとけ》の少ない広場に来ていた。

「随分お疲れのようですが、どうかしましたか？」

「え？」

気が付くと、ウェンディの隣には広場で説法をしていたのか、修道服を着たシスターが立っている。この国ではシスターが説法をしているのは珍しいが、彼女はまだ若いので熱意があるのだろうか？

「よろしければお話をおうかがいしますよ？」

彼女の純粋な善意にウェンディの心は動く。

愚痴をこぼせる相手がいないウェンディにとって、自分のことを知らないのに善意を向けてくれているシスターはうってつけの相手だった。

「ちょっと長くなるけどいい？」

「はい、もちろんです」

「じゃあ聞いて……。私は元々ある目的があってある人物の下で働いていたんだけど、その人は全く私の願いを叶《かな》えてくれる様子がなくて……」

そう言ってウェンディは身の上話を始める。

するとシスターも神妙な表情になって相槌《あいづち》を打つ。

「なるほど、それは大変ですね。お気持ちお察しします」

「あ、ありがとう！」

初めて会ったばかりのウェンディの身の上話を、彼女はまるで自分のことのように寄り添って聞いてくれた。それまでつかえていたものが一気に溢《あふ》れ出すように、勝手に饒舌《じょうぜつ》になっていく。

自分の悪事や正体がばれるような重要なところはぼかしたものの、気が付くと彼女は今の悩みを一通り話してしまっていた。

「……という訳で、私がしたことは全部間違いだった気がして」

「なるほど、それは大変でしたね。まずはお疲れさまでした」

十人に話せば十人が「自己責任」「自業自得」と言いそうな境遇ではあったが、シスターはウェンディを否定しない。それだけで彼女は涙が出そうだった。

「私が悪いって思わないの？」

「もちろん、今の状況があなたの選択の結果であるということは否定しません。ですがあなたが苦しんでいることは事実ですから」

「シスターさん……」

ウェンディは思わず感動してしまう。

思えば、今までウェンディが出会った神官たちは皆どこか金のにおいがした。今のウェンディがこんなことを相談すれば、たちまち「そんなウェンディ様でも免罪符を買えば天国に行けますよ」などと言われたことだろう。しかし目の前のシスターは純粋にウェンディを案じてくれている。

「大変なこともありますが、今だけは全部忘れて楽になってください」

そう言って彼女は優しくウェンディを抱きしめる。

「っ⁉」

一瞬驚いたものの、すぐに彼女の柔らかい身体《からだ》と温かい体温にウェンディの疲弊した心は溶かされていく。気が付くとウェンディは彼女の胸に自分の身体を預けていた。

どれぐらいそうしていただろうか、やがてシスターが腕を離すと、ウェンディは名残惜しくなってしまう。

「申し遅れました、私はリーナと申します」

「わ、私は……ウェリン」

あんな大事件を起こしてしまった以上さすがに本名を言う訳にもいかず、ウェンディは咄嗟《とっさ》に適当な名前を言う。

「ウェリンさんは大変苦しんでいらっしゃるようですね。実は今週末、アーシェの教会でミサが開かれるのですがいらしていただけませんか？」

アーシェで？　突然辺境の街が出てきてウェンディはかすかに疑問を抱く。

「ウェリンさんのように苦しんでいる方にこそ、是非参加していただきたいんです！」

が、リーナの真剣な言葉にすぐにそんな疑問はどこかに行ってしまう。

あんなに親身になって悩みを聞いてくれたんだから、リーナは本気で自分のことを心配してくれているのだろう。それにウェンディの心の中には何もかも忘れて彼女に身を委ねてしまいたいという気持ちが芽生えていた。

「分かった、絶対行く」

「はい、お待ちしております！」

リーナは顔をほころばせると説法に戻っていくのだった。

＊＊＊

「ついに来ちゃった……」

週末、ウェンディは馬車に乗ってはるばるアーシェの教会へとやってきていた。

あれから数日、どんどん増えていくクレームの嵐にウェンディの心は疲弊しきっていた。調合のコツはさっぱり分からないし、胸が大きくなる気配も全くない。すでに彼女の心はこの教会に来ること以外に救いを見いだせずにいた。

礼拝堂に入るとよく掃除された小ぢんまりとした空間が広がっていた。数人のシスターと十数人の礼拝客がいて、ウェンディが入ってくると歓迎の言葉をかけてくれる。

とはいえ普通の教会とは決定的に違うことがあった。

「仕事が辛《つら》すぎてもうだめですっ、シスターさんっ！」

「よしよし、大丈夫ですよ～。私はいつでもあなたの味方ですからね～」

「ママ～っ！」

礼拝客の中にはまるで幼児退行したかのように、シスターに抱き着いたり、あやされたりしている人がいるのだ。それを見てウェンディはさすがに驚いたが、一方でどこか共感するところもあった。

そこへウェンディをここに誘ってくれたシスターのリーナがやってくる。

「来てくださってありがとうございます」

「リーナさん！」

するとリーナは挨拶代わりにぎゅっとウェンディを抱きしめる。

ウェンディはされるがままに彼女の胸に顔をうずめた。

「ここにいる方は皆辛いことがあって、聖母様に救いを求めるためにここに来たんです」

「救い？」

「そう、確かに聖母様といえども、私たち全員に救いの手を差し伸べることは難しいでしょう。とはいえ私たちの不幸に寄り添い、優しく抱きしめてくださることはあるのです」

「聖母様というのは神様とは違うのですか？」

「ふふっ、それは今から始まるミサ……正式には〝聖母抱擁の儀〟に参加すれば分かりますよ」

突然怪しげな名前が出てきて少し困惑したものの、リーナに抱きしめられたウェンディはすでに疑いの心を失っていた。

「は、はい」

「ではそろそろ行きましょうか」

しばらくして、シスターたちと礼拝客はなぜか礼拝堂の地下へと降りていく。まるで他人に見つかるのを恐れているかのようだ、と思いつつもウェンディは彼女らに続いて地下へ降りていった。

地下は小さな礼拝堂のようになっていたが、前方に立つ人物を見てウェンディは目を見張る。黒いヴェールからのぞく金色の髪、透き通るような白い肌と人形のような整った顔立ち、何より華奢《きゃしゃ》な体軀《たいく》には似合わない豊かな双丘。あまりの美しさに思わず呼吸を忘れるほどだった。ウェンディよりも幼そうな少女ながら、彼女からは全てを包み込んでくれるような、圧倒的な母性を感じてしまう。

「天から我らを見守ってくださっている慈悲深き聖母よ、本当の愛を知らない哀れな子を抱きしめたまえ」

彼女が透き通るような声で何事かを唱えると、周囲に魔力が満ちていくのを感じる。不意に目の前がぱっと輝き、ウェンディや他の礼拝に来た男たちの身体が光に包まれた。

「おおっ⁉」「さすがレスティア様……いえ、お母様！」「ああ、幸せ……」

あちこちからそんな陶酔したような声が聞こえてくる。

光に包まれたウェンディの体は、まるで誰かに抱きしめられているかのように不思議な温《ぬく》もりに包まれていった。リーナに抱きしめられた時も心が安らいだが、あれは同じ人間が自分の悩みに寄り添ってくれたことへの安らぎ。今回の抱擁はもっと大いなる存在に包まれたことへの安らぎだった。

「ああ、これが聖母様……」

「大丈夫です、皆さんには常に聖母様がついていますから」

レスティアの優しげな声がウェンディの頭に染み渡っていく。

そして儀式が終わるとリーナが語り掛けた。

「どうですか？　あなたは大きな失敗をしたようですが、ここでならたくさんの迷える子供たちを救済することが出来るのです」

「本当に？　こんな私でも？」

「はい、例えば……ほら」

「聞いてくれ！　今日恋人にお前はキモいって一方的に振られて……」

一人の男がウェンディに向かって駆けよってくる。

それを見て彼女は反射的に動いていた。

「ふふっ、心配することはありませんよ。あなたは何も悪くありません。彼女が全て悪いんです」

「お母様ぁ！」

他のシスターの見様見真似《みようみまね》で答えただけなのに男はウェンディに対して母親に対するように甘えてくる。その様子に、ウェンディはつい自分の承認欲求が満たされるのを感じてしまう。

「どうでしょうか？　ここでならあなたは常に求められる存在になれます」

「本当だ……」

が、そこでウェンディは重要なことを思い出す。

「ところでリーナさん、私、ここで頑張れば皆さんのような母性あるお胸になれるでしょうか？」

するとリーナは一瞬苦笑してからすぐに慈愛に満ちた笑顔に戻った。

「ええ、聖母様を信じて人々に愛を与えれば神様も応えてくださるかもしれませんよ」

「本当ですか⁉」

本来なら胡散臭《うさんくさ》いことこの上ないが、先ほどの大いなる抱擁を思い出すと聖母様なら応えてくださる、という気持ちになってくる。

こうして、その日が終わるころにはウェンディはすっかり〝聖母教〟の虜《とりこ》になっていたのだった。

第四章　尋問とおしおき

「おはようございます、マグヌスさん！」

「あぁ、おはよう……」

翌朝、宿の食堂に集合するとアリシアが元気そうな笑顔を浮かべて待っていた。当然服装はメイド服から、普段の魔術師用のブラウスとスカートに戻っている。外見だけは昨晩の痴態が全て嘘《うそ》だったような清楚《せいそ》っぷりだ。

一方の俺は寝る前にあんなことをさせられたせいか、体の奥の疲れがとれていない。朝食も、少な目の注文をした俺とは対照的にアリシアは朝からたくさん頼んでいた。

「どうする？　オグリスの森はかなり危険らしいが」

「やはり得体の知れない森に入る以上、森に一番詳しい猟師の方に話を聞いて、あわよくば案内してもらうのがいいと思うんですよ」

「確かにそうだな」

昨夜と同一人物とは思えないほど、しごく常識的な提案をするアリシア。

「猟師の人なら森に人の出入りがあるかどうかとかも知っているかもしれないし」

「そうですね、では早速話を聞いてみましょう」

「ああ」

そんな訳で俺たちはアーシェの街に住む猟師の元へ向かった。

猟師は時々森の中に入って動物を狩るだけでなく、珍しい植物や昆虫などの素材があればそれを採って売っているという。そんな彼によると、最近かすかにではあるが、人が森に出入りしている痕跡があるとのことだった。また、聖職者からも時々森に案内してくれと頼まれることがあったという。

「さすがに何の心得もない一般人を森に入れる訳にはいかないが、お前さんたちのような冒険者なら大丈夫だろう」

そう言って俺たちは森の中へと案内された。

入ってしばらくは太陽の光もある程度届いていたが、次第に周囲は暗くなり、アリシアの魔法の灯《あか》りがなければほとんど何も見えなくなってしまう。そしてそんな森の中の一本の大きな木の元で猟師は足を止めた。

「……わしが案内出来るのはここまでだ。ここから先は危険な動植物や昆虫が多く、わしでも普段は立ち入らない」

「すいません、ありがとうございます」

俺たちは案内してくれた猟師に頭を下げる。

「お前さんたちの探し人がいるのかは知らないが、あちらの方角に人が入ったり出て来たりするのを何度か見たことがある。行ってみるとよい」

猟師のおじさんが指さす先にコンパスをかざし、方角を覚える。

人が出入りしているとなればそこにレスティアか、少なくとも奴《やつ》らの幹部がいる可能性は高いだろう。

「じゃあ気をつけて」

そう言って猟師は去っていき、俺とアリシアは森の中二人きりになる。

「よし、行くか」

「はい」

俺たちはアリシアから放たれる魔法の光を頼りに奥へ奥へと進んでいく。

猟師と別れてから、周囲で見かける動植物はよそでは見かけないものが多くなった。

そして。

ガサガサッ！

「うわあああっ⁉」

突然足に痛みを覚え、俺は反射的に構えていた鞭《むち》を振り下ろす。

パチンッ、という衝撃と共に俺はサソリのような虫を叩《たた》き潰していた。

〝祝福〟された鞭により虫は呆気《あっけ》なく叩き潰されたものの、刺された足にはずきずきと鈍い痛みが走る。

「この感じ……もしかして毒を持ってたのか？」

「〝キュア・ポイズン〟！」

アリシアが唱えると、治癒の光が足を包む。

魔法をかけられた瞬間、すっと痛みが引いていった。解毒魔法が使える者がいなければ、この時点で引き返すしかなかっただろう。

「ありがとう」

「いえ、どういたしまし……きゃあああああっ⁉」

べちゃっ
が、そんな会話をした次の瞬間、頭上の植物から粘液のようなものがアリシアに降り注ぐ。真っ暗な森の中で灯りをともしているというのはこちらが周囲を見やすい分、周囲に潜む敵に「狙って下さい」と言っているようなものだ。

「〝簡易錬成・ファイア・アロー〟‼」

俺は咄嗟《とっさ》にポケットの鉄の欠片《かけら》と魔石の欠片から炎の矢を錬成し、アリシアの頭上を狙う。粘液を浴びて動きを封じられたアリシアを狙おうとしたのか、何本もの蔓《つる》が降りてこようとしていた。

ジュッ
伸びてきた蔓は炎の矢を受けて一斉に焼けこげていく。

「喰《く》らえっ、〝エンチャント・フレイム〟！」

俺は手にした鞭に炎の魔力を付与すると、蔓を伸ばそうとしていた木の根元に打ち付ける。本来であれば太い木の幹に鞭を叩きつけたところで意味がないだろう。しかし〝祝福〟により強化され、さらに炎という植物系の魔物に相性のいい属性を付与された鞭は、命中した瞬間幹を焦がしていく。

ジュッ
悲鳴こそないが、短く焼け焦げる音とともに木の魔物は動かなくなった。

「大丈夫か？」

「ええ、まぁ……」

どんな時でも動じないアリシアが、少しだけ弱った声で答える。

彼女は全身にぬめぬめの粘液を浴びて手足を動かすのも一苦労のようだった。服はどろどろになっており、ところどころべっとりと張り付いて肌が透けているのが魔法の灯りで照らされ妙に扇情的だ。特に彼女の大きな胸は服がぎゅっと密着している上、下着が透けていて目に毒だ。

「状態異常であれば魔法でどうにかなるのですが、どうやらこの粘液、本当にただのねばねばした液体なので魔法ではどうにもならなくて……」

そう言って彼女はタオルで粘液を拭こうとしているが、タオルまでべたべたになるばかりでうまく落ちない。

俺はそんな彼女から目を逸《そ》らしつつため息をつく。

「はぁ、思ったより手ごわいな。こんなに色んなところから攻撃を受けるなら、もっとちゃんとした防具を用意すべきだった」

防具の中には、魔法の力で守られていて粘液のようなものが付着するのを防ぐ効果がついたものもある。

アリシアが着ているのは恐らく魔法を補助する服（防御性能はほぼないが、魔法の補助性能は国で随一の一品に見える）であり、見えない敵が襲ってくるこの森の中には向かない。

俺の〝簡易錬成〟を使えば全身を覆うような鎧《よろい》を造り出すことも不可能ではないが、アリシアに着せれば移動にも魔法にも差し支えるだろう。

「そうですね。この森の中で着替えるというのはあれですが、さすがに着替えた方が良さそうです」

「着替えるって、何に？」

森の中の移動にも魔法にも差し支えず防御力も高い、そんな都合のいい服があるとは思えない。普通に考えて、今着ている服が一番性能と動きやすさのバランスがとれていたから普段着にしていたのだろう。予備の服に着替えたところで防御力はもっと下がってしまうんじゃないか、と思ったところで俺はふとあるものを思い浮かべる。

「おい、まさか……」

「はい、せっかく〝祝福〟したので早速使ってみようかと」

「……」

アリシアは何でもないことのように言うが、あの卑猥《ひわい》なメイド服を屋外で着るなんて……。確かにこの森の中で人と会うことはなさそうだが。

アリシアが魔法の灯りをすっと消すと、辺りは真っ暗闇になる。

その奥からするすると衣擦《きぬず》れの音が聞こえてきて、俺は鼓動が速くなるのを感じた。

「こ、こんなところでいきなり着替えるなんて……」

「さすがにこれだけ暗ければ見えないでしょう」

「そういう問題じゃ……」

「今はべとべとで恥ずかしいのであまり覗《のぞ》かないでくださいね？」

「言われなくても覗かねえよ！」

一応べとべとなのは恥ずかしいのか、と俺は変なところに驚く。というか今の言い方だとまるでべとべとじゃなければ覗いてもいいみたいだ。

姿が見えない中、衣擦れの音だけ聞こえてくるというのもなかなか心臓に悪い。一瞬のことだっただろうが、まるで永遠のような時間が過ぎていき、気が付くと再び灯りがついている。

そちらを見ると、昨夜と同じ破廉恥なメイド服に身を包んだアリシアが立っていた。胸元は開き、ぴっちりと体のラインが強調され、スカートは短い。メイドとしての仕事をするためというよりは、性的な魅力を強調することに重点を置いた服。それを外見だけは清楚な王女様がこんな森の中で着ているなんて。

「ふぅ、これで大丈夫ですね」

そんなアリシアを見ていると俺は倒錯感で頭がおかしくなりそうになる。

それにこの服を見ると昨夜の記憶が甦《よみがえ》り、いたたまれない気持ちになるんだよな……。

「すみません、一着しかないのでマグヌスさんはどうにか自力で頑張ってください。出来るだけ魔法でお助けしますので」

いや、謝るところはそこじゃない。

「あ、ああ……」

とはいえ回復や補助の魔法を得意とするアリシアの防御能力が上がるのはいいことかもしれない、と俺は無理矢理自分を納得させるのだった。


その後も森の中を進むと、様々な困難が襲い掛かってきた。

「うわあああっ⁉」

突然足元から長い蔓が伸びてきたかと思うと、俺たちの体を絡めとる。見ると、目の前には酸でいっぱいになった巨大な袋がある。蔓は俺たちの体を袋に放り込もうとするが、アリシアのメイド服に触れた瞬間、蔓はするするとほどけてしまう。さらに横からは毒や催眠効果のありそうな花粉が飛んでくるが、アリシアには全く効いていなさそうだ。

アリシアが動くたびに今にも大事なところが見えそうになっている頼りない服なのに、敵の攻撃は全てを弾いていく。

「〝ファイア・アロー〟!」

動きを封じられた俺とは対照的にアリシアは危なげなく魔法を放ち、俺を絡めとった蔓と酸で満ちた袋を焼き払う。

「ふぅ、危ないところでしたね」

「相変わらず〝祝福〟ってすごい効果だよな……」

「そうですね、本来なら伝説級の効果ですから」

元がただのメイド服でこんなに強いのだから、ちゃんとした鎧や防具に使えば、本当に無敵になるのだろう。

まあちゃんとした鎧を着た状態で、アリシアがあの力を発動することはなさそうだが……。

そんなことを考えつつ歩いていると、

「うわあああっ⁉」

「きゃああっ⁉」

今度は突然足元に穴が開き、浮遊感を覚えた瞬間、俺たちはそろって落下していく。さすがの〝祝福〟も重力には逆らえない。

次の瞬間、
バシャアアアアン‼

盛大な水しぶきとともに俺たちは何かに着水した。その瞬間、水（本当に水なのかすら分からないが）に触れたところが痺《しび》れるように痛くなってくる。

もしかしてこれは毒沼のようなものなのだろうか？

見ると、周囲には指の間に水かきを生やしたカエルのような魔物がこちらをめがけて泳いでくるのが見える。くそ、こうやって沼に落ちた人や動物を捕食していたのか。

「喰らえっ！」

俺は体が痺れるのを感じながらも懸命に鞭を振るう。

グエエエエエエッ⁉

軽く鞭が当たっただけだが、〝祝福〟の威力のおかげですさまじい悲鳴が上がる。それを見てカエルたちは次々と後ずさっていく。

とはいえ向こうは遠巻きに俺たちを囲んだまま。次第に体に痺れが回り、もう限界だと思った時だった。

「〝ホバー〟」

アリシアの声と共に俺は風の魔力で体が浮き上がるのを感じる。見るとアリシアは毒沼に放り込まれたというのに、血色もよくぴんぴんしていた。

メイド服の露出度的に、普通に考えればどう考えても胸元や足元は毒に触れるだろうに、魔法の力で服に覆われていない部分の毒まで防いでいるように見える。〝祝福〟の効果おそるべし……。

「だ、大丈夫ですか⁉　〝キュア・ポイズン〟！」

「ああ、ありがとう」

そんなアリシアに解毒魔法もかけられると体は再び元気に動くようになった。

そうなればあんなカエルの魔物程度、恐れるに足らず。

「よくもやりやがったな⁉」

先ほどの仕返しとばかりに鞭を振るう。

グエエエエエエッ⁉

ギャアアアアアアッ⁉

鞭が命中するたびに彼らは気味の悪い悲鳴をあげ、ぶくぶくと沼に沈んでいく。

そして敵がいなくなったところで俺はようやくアリシアと一緒に岸に着地した。

「ふぅ、恐ろしい目に遭った……」

「すみません、私ばっかり防具で守られてしまって……」

アリシアは少し申し訳なさそうに言う。

とはいえさすがの〝祝福〟でも濡《ぬ》れることまでは防げなかったのか、メイド服はびっしょりと濡れて彼女の体に張り付いている。目をこらせば上も下も下着が見えてきそうで、とても心臓に悪い。

正直、俺はノーマルな性癖だから鞭で叩いてる時よりも服が透けて胸とか下着とかが見える方が興奮するんだが……。

「ま、まあ元をたどればアリシアの力から生まれたものだしな」

俺は彼女の体をちらちら見ながら適当に答える。

「そうだ、ある程度時間が経《た》ったらこれ着るの交代します?」

「それだけは絶対に嫌だ!」

なんてことを言い出すんだ!

確かに強い防具だから交代で使う方が公平ではあるが、色んな意味でそれはありえない。

「まあそうですよね。そういうことならありがたく私が使わせていただきますね…… "テインダー"」

アリシアが唱えると小さな炎が灯《とも》り、彼女の服を乾かしていく。

「ああ、そうしてくれ」


そんな訳で、その後も森の中の様々な罠《わな》に引っかかりながらも、俺たちはチートなメイド服とそれにより無傷なアリシアの魔法の力で、どうにか先へ進んでいった。こう言うと俺が役に立ってないように聞こえるが、ウルフやグリズリーなど普通の動物との戦いでは俺が前に立って戦った。手ごわいとは聞いていたものの、祝福武器とアリシアの魔法の前には大したことはなかった。

やがて森の中を通った人間の痕跡を見つけ、それを追っていくとようやく開けたところに出る。

すぐ目の前には小屋が一軒と斜面があり、その中腹には洞窟が奥へ伸びている。

「はぁ、はぁ……やっとくそみたいな森を抜けた……」

「本当に恐ろしいところでしたね、お疲れ様です」

メイド服の効果でほとんどの攻撃を防いでいたアリシアと違い、俺は様々な攻撃を喰らっていた。そのたびにアリシアは回復してくれたが、疲労感だけは溜《た》まっていく。

それに彼女がちょっと体を動かすたびに、短いスカートがめくれて中身が見えそうになってしまうのだ。

昨夜あんなことをしておいて何だが、こうして外で彼女の下着を見るのは悪いことのように思えてしまい、思わず目を逸らす……ということが何度も続き俺はすっかり疲れていた。

そんな心理的疲労もあり、一休みしようと思った時だった。

小屋の方からバタンと音がすると、ドアが開き一人の人影が現れる。

「あなたたちが我らのことを嗅ぎまわっているという冒険者か」

俺たちが反応するよりも早く腰に差した長剣を抜き放った……ところで俺は現れた人物に気づく。

「お前、どこかで見たことあるかと思ったらウェンディか？」

「げっ、しっ、師匠⁉」

ウェンディの方も最初の険しい声とは似つかない、間の抜けた声をあげる。

その声を聞いて俺は確信した。

若干雰囲気が変わっているが、確かにこいつはウェンディだ。最後に会ったのは例の件《けん》の時だが、恨みや怒りよりも、何でこんなところにいるんだ？　という困惑が大きくなる。

一方のウェンディも俺を見て困惑していたが、俺の隣のアリシアを見て顔を真っ赤にする。

「こ、こんな胸の大きい彼女にこんな露出の多いコスプレをさせてこんなところに連れてくるなんて本当に変態だったのね⁉」

「違う！　このメイド服には深い事情があって、決してそんな理由じゃない！」

「こんな美少女にこんなメイド服……それもこんなエロいのを着せて連れ回すのに深い理由なんてある訳ない！　やっぱり私のこともそういう対象として見ていたのね……」

「あるんだよ！　それにあれはお前が着せた濡《ぬ》れ衣《ぎぬ》だろうが！」

くそ、よりにもよってアリシアをこんな格好で連れまわしているところをこいつに見られるなんて。疑問、怒り、恨み、突っ込み、それにアリシアにこんな格好をさせていることへの羞恥など様々な感情がぐるぐると渦巻くが……。

「そうです、あなたは重大な誤解をしています！」

俺の後ろでアリシアが叫ぶ。良かった、誤解を訂正してくれるのか。

が、安心したのも束《つか》の間《ま》。

「ご主人様と私はあくまで主従の関係です。彼女なんて恐れ多いですよ」

「えっ、えぇぇぇっっっ⁉　まさか性欲が暴走してそんなことまでしてしまうなんて……」

絶句するウェンディ。元々全ては彼女に着せられた濡れ衣なのだが、彼女の脳内ではそ

のことも忘れて恐ろしい想像が駆け巡っているようだ。

　正直俺もウェンディとは違う理由で絶句しているが……いや、今は一番重要なことを聞こう。

「色々言いたいことはあるが……何でお前がこんなところにいる？」

「私は気づいたの。真の救いというものにね。あれは師匠がいなくなった後だった……」

　そう言ってウェンディはうっとりした様子で回想を始める。あの後ウェンディは念願だった胸を大きくする薬を調合しようとして見事に失敗したらしい。胸を大きくするとか身長を伸ばすとかそういう薬の素材を売っているやつらは大体胡散臭《うさんくさ》いので俺がいたころは彼女を止めていたが、やっぱりだめだったようだ。

　ついでに錬金術師としての技量も未熟だったため、彼女はそちらでも顰蹙《ひんしゅく》を買ったという。そして失意のうちに過ごしているところを〝聖母教〟のシスターに勧誘された訳だ。

　正直こいつの回想には何の興味もないし、自分勝手な内容に怒りしか湧かないのだが、それでも〝聖母教〟の情報を知るために俺はどうにか黙って聞く。

　アリシアもウェンディこそが俺を陥れた元弟子だと察したのだろう、黙って話を聞いている。

　そして。

「……という訳で私は〝聖母教〟に出会った。最初にリーナさんに出会った時、これこそが真に信仰に足る教えだと確信したの。そしてこの街にきて、レスティア様の元へ案内されたという訳」

先ほどまでの怒りはどこへやら、ウェンディは高揚した様子で語る。

ようやくこいつのどうでもいい身の上話が終わり、話が核心に近づいてきた、と俺は集中して聞くことにする。

「そこで私は〝聖母抱擁の儀〟に参加した訳だけど……その時の感触は今でも忘れられない！　大いなる存在に包まれ、全ての罪を許して下さるような、全てを受け入れてくれるような……！　実の母親よりももっと深い母性を感じる存在！　いや、母性なんて言葉で表しきれるものではない、私はとにかく際限のない優しさと温《ぬく》もりに包まれたわ！　私もあんな母性に満《み》ち溢《あふ》れた、ついでに巨乳の女性になりたい！」

その時のことを思い出したのか、うっとりした表情で語るウェンディ。

いや、いくら母性に満ち溢れても別に胸は大きくならないだろ。

そもそも俺を陥れておいて勝手に全てを許された気分になるなという思いはあったが、それよりもレスティアという人物はやはり一筋縄ではいかないようだ。

「それで結局、その〝抱擁〟っていうのは何なんだ？」

「私もよく分からないけど……きっとレスティア様は聖母様の力を宿していらっしゃるの。そして聖母様の力で我らを包んでくださっていたのよ。だけどレスティア様はそれゆえに迫害され、こんな森の中に隠れ住むことになってしまった……」

基本的に神の力を人が使うなんて出来ないことだが……俺はちらっとアリシアを見る。

「色々あって動揺していたとはいえ、心の底から信者にしてしまう辺りかなりのカリスマと、それから魔法の腕があるようですね」

あくまでレスティアは〝聖母様〟の力を宿しているのではなく、そう見せているだけという見解らしい。

そんなことを考えていると、ウェンディがアリシアに向かって言う。

「そちらのエッチなお嬢さん。あなたも師匠、いえマグヌスの被害に遭っているのね？　心から同情するわ」

「だから違うって言ってるだろうが！」

むしろ俺がアリシアの被害に遭っていると言っても過言ではない。

「あなたには見たところかなりの母性があるわ。そんないかがわしい服を着せて羞恥プレイをするような男を捨てて、〝聖母教〟で迷える人々を癒《いや》しましょう！」

迫真の表情でアリシアに向かって語り掛けるウェンディ。

〝聖母教〟に入信するとみんなこんな風になってしまうのか？

「羞恥プレイ……なるほど、そういうのもあるんですね」

一方のアリシアは「新たな知見を得た」とばかりに頷《うなず》いている。

本当に何なんだこいつは。

今は俺たちが追っているカルト教派の本拠に迫っていて、しかも俺を陥れた元凶の一人と対峙《たいじ》するという緊迫した場面なんだが。

「戦記物などで捕虜になった女性が民衆の前で連行される場面で感じる胸の高鳴りと似たようなものですね」

「は？」

勝手に納得しているアリシアを見て理解が追い付かない、という顔をするウェンディ。

くそ、こいつめ、またアリシアが余計なことを覚えるだろうが。

「とにかく、私はご主人様のものですから。そんないかがわしい宗教には入りませんよ」

「そんな……この男の方が百倍いかがわしいというのに……」

本当に何なんだこいつらは。

ウェンディはしばしの間落ち込んでいたが、すぐに落胆は怒りに変わり、ぎろりと俺を睨《にら》みつける。

「くっ……！　私が破滅している間にこんな胸が大きい美少女を調教してこんなエロい格好をさせてみせびらかしてくるなんて許せない！　私はあれほど頑張っても大きくならなかったのに当てつけてるんでしょう⁉」

そう言って親の仇《かたき》のような目でこちらを睨みつけてくる。

〝聖母教〟に救われたんじゃなかったのか、とかこいつは調教なんてしてないのに変態だ、とか付きまとわれてるのは全部お前の行動が発端だ、とかこんなところで会うなんて分からなかったのに当てつけようがないだろ、とか色々と突っ込みどころはあったがそれを口にする余裕はなかった。

言い終えるなりウェンディが凄《すさ》まじい勢いでこちらに斬りかかってきたからだ。どうやら本気で俺がアリシアを連れていることに嫉妬しているらしく、殺意を感じる。

というか、本来は俺の方がウェンディに対して怒りをぶつける場面のような気がするんだが。何でお前が俺より怒ってるんだよ。

「だけどそれも全部今日まで。お前を倒し、聖母様に認められて胸を大きくしてもらうんだ‼」

言っていることはめちゃくちゃだが、そんなウェンディの執念が魔力となって彼女が構える剣に宿っていく。

それを見てアリシアも小さく驚く。

「すごいです、人は誰しも魔力を持っていますが剣に魔力を纏《まと》わせるのは簡単な魔法を使うよりも難しいことですから」

「いや、あいつにそんなすごい技は使えなかったと思うが」

「でしたら、彼女は嫉妬と憎悪のエネルギーだけでそれを成し遂げてしまったようです」

まずい、こいつの戦闘経験は俺よりも断然上だ。しかも思い込みの激しさによって新たな技を使えるようになってしまうなんて。俺たちはこれまでしょうもない賊とか森の昆虫とか植物とか、微妙な相手としか戦ってこなかった。きちんと剣技を修めた相手と戦うのは初めてだが……やるしかない。

「喰らえっ、〝業火の剣《カルマ・スラッシュ》〟‼」

彼女がそう叫ぶと剣に宿った魔力が黒々としたものに変質していく。明らかに俺の元にいた時よりも強くなっている。これが彼女を突き動かしている負の情念だというのか。

そんな黒い魔力の剣が俺に迫ってきた。

仕方なく俺も例の鞭を構える。

バチン!!

剣と鞭が激しくぶつかり合い、互いに弾《はじ》き合《あ》う。〝聖なる力〟で強化された武器を弾き返すなんて、どれだけの嫉妬と憎悪を詰め込んだんだ？　本来であれば鞭で剣と渡り合える訳もないことを考えればこちらもでたらめな強さなのだが。

「戦いの時まで鞭を使うなんて、やっぱり私のことも変態プレイの相手として見てるのね！」

しかもウェンディの憎悪は関係ないところでさらに燃え上がっていく。

「さっきのでだめならこれでどう……〝業雨の刺突《カルマ・レイン》〟!!」

今度はウェンディの手から凄まじい速さで、まるで降りしきる雨のような大量の刺突が飛んでくる。

鞭も勝手に応戦してくれるが、あまりのウェンディの勢いにじりじりと押されていく。

その時だった。

「〝トライデント・ファイア・アロー〟!!」

「うづ⁉」

ウェンディに向かって三本の炎の矢が飛んでくる。憎悪で俺しか見えなかったウェンディは回避が遅れ、脇腹を一本の矢がかすめた。

彼女は顔をしかめ、一瞬ではあるが隙が生まれる。

「大丈夫です、私がフォローしますから」

「アリシア……」

「〝エンチャント〟！」

アリシアの魔法により俺の鞭がさらに強化されていく。

「胸が大きくて調教済みで魔法まで使えるなんて……くそっ、くそっ、くそっ!!」

「違うって言ってるだろうが！」

さらに募っていくウェンディの執念と俺の突っ込みがぶつかり合う。

傷を受けた上にいつ飛んでくるか分からないアリシアの攻撃魔法も警戒しなければならないウェンディだが、更なる憎悪で剣に宿る魔力は濃さを増している。

互いに全く譲らない激しい戦いになったが、そこで不意にウェンディがふっと笑う。

「これで、全て終わりよ……」

そう言ってウェンディは剣を大きく振り上げる。その剣を中心に先ほどの黒い魔力が集まっていくのだが、その量は今までとは比較にならない。

恐らくは何か大技を繰り出すつもりなのだろう。

今でも苦戦させられているのにそんなものを出させる訳にはいかない。

そう思った時だった。

「〝アース・バインド〟！」

「うそっ⁉」

アリシアの詠唱とともにウェンディの足元に生えていた草が伸び、彼女に絡みついていく。不意を衝《つ》かれたウェンディは必死に避けようとするが、草の一部が彼女の胸元をかすめた。

「ひゃうんっ⁉」

その瞬間彼女の口から激戦には不似合いな甘い声が漏れる。

それまで鞭や魔法が体をかすめても動きを止めることはなかったのに、今は草の一本が触れただけでびくりと体を揺らした。

「だめっ、胸っ、敏感になったままだったのに……」

そう言って彼女は草を避けるように身をよじる。しかしその動きは先ほどまでの俊敏さは鳴りを潜め、ただじたばたとあがくだけ。

そう言えば怪しげな薬を調合して塗ったと言っていたが、まだ後遺症が残っていたのか。彼女の動きが鈍っている隙に、魔法で伸びた草が彼女の全身を絡めとる。

「いやっ、お願い、そこだけは離してっ、んんっ」

先ほどまであれだけ俺たちに憎悪を燃やしていたのにこんなことになるなんて、どれだけ敏感になってるんだ？

思っていたのとは違うがチャンスはチャンスだ。俺は容赦なく鞭を振り下ろす。

「やめてっ……きゃあああああぁっ‼」

バチンッ！

強化された鞭の一撃は剣を弾きとばし、そのままウェンディの体に命中する。彼女は大きな悲鳴を上げるとその場に倒れた。それを見て俺はようやく一息つく。

「ふぅ、こいつ一人だけで良かった……」

「お見事でした」

「今回も助かった。特に最後のは俺が反撃しようと思ったちょうどのタイミングだった」

「本当ですか？　最近、何となくマグヌスさんの次の行動が予想出来るようになってきて……私たち、体の相性がいいんですね！」

「それ、〝体の〟って入れる必要ないよな？」

アリシアの余計な一言に辟易《へきえき》しつつも、俺は倒れているウェンディを拘束する。

さっきの一人語りで大体事情は分かったが、一応尋問しておくか。

「〝簡易錬成・捕縛縄〟！」

唱えると、俺が持っていた繊維の欠片が舞い上がり、ウェンディの周囲に飛んでいく。

そして縄になったかと思うと、彼女が手足を動かせないように縛り上げてしまった。

それを見て横のアリシアから「おぉ……」と感嘆の声が漏れたが、とりあえず今は聞かなかったことにする。

「おい、目を覚ませ」

「くっ……」

小屋の中にウェンディを運び、何度か大声で呼びかけると、やがて彼女は悔しそうな顔で目を覚ます。

抜け出そうと体を動かすが、ぎちぎちと縄が音を立てるだけで動くことは出来ない。

「今度こそ胸が大きくなれると思ったのに、こんな変態に負けるなんて……」

「……」

色々突っ込みたいところはあるが面倒だから無視しよう。

「とりあえずいくつか質問に答えてもらおう。まず、この奥にレスティアはいるのか？」

「お、教える訳ないわっ……ひゃあんっ」

彼女がそう叫んだ時だった。叫んだせいで体が動き、胸に縄が擦れたのだろう、突然甘い声をあげる。

「さすがマグヌスさん。触れてもいないのにこんな声をあげさせるなんて」

「今のはどう考えても俺じゃないだろ！」

一体どんな薬を調合したらこんな風になってしまうんだ？

「で、レスティアはいるのか？」

「ええ、いるわ、いる！　これでいい⁉」

ウェンディは自棄《やけ》になったように叫ぶ。

素直に教えてくれたのはいいが、俺が胸を触って吐かせたみたいな流れになっているのは甚だ遺憾なのだが。

「そこにはどれぐらいの人がいるんだ？」

「ま、まあそれなりにいるけど私より強い人はいないいんじゃないかしら」

先ほどとは打って変わって素直に答えるウェンディ。

「お前はこんなところで何をしていた？」

「ここの見張りと、森の中を通る際の護衛よ。レスティア様は本当は一人でも多くの方に布教をして救いたいと思っていらっしゃるけど、今のままではすぐに捕まってしまう。だからここに信頼出来る者だけを連れてきて預言の言葉と聖母様の抱擁を授けていらっしゃるの」

ということは中には大人数がいることはなさそうだな。

それから俺たちは〝聖母教〟やレスティアについていくつか尋ねたが、これまで聞いた以上の情報はなかった。レスティアはやはり何らかの魔術的な力を持っているようだが、ウェンディに訊《き》いてもそれ以上のことは分かっていなさそうだった。

「よし、そろそろ行くか」

「そうですね。ですがその前にやっておくことがあると思います」

「何だ？　さすがにそのメイド服は着替えていくか？」

「まあそれもそうなんですが……」

そう言ってアリシアはちらっと縛られているウェンディを見る。

俺はそれを見て嫌な予感がした。いや、でもそんな、まさかこんなタイミングで、しかもこんなところでそんなことをする訳はないよな？

「やっぱり、レスティアさんの元に突入するとなれば戦力的にも精神的にも、一番強大な敵と戦うことになる訳です」

「それはそうだな」

「一番強大な敵と戦うためにはこちらも最大限戦力を整えておくべきだと思うんです」

「……そうだな」

熱っぽい口調で話すアリシアに、俺はさらに嫌な予感が募っていく。

アリシアはまともなことも話すが、まともなことを話すときはこんな風に興奮しながら話すことはない。興奮しながら話す時は……。

「マグヌスさん、私も彼女と同じように縄で縛られて無理矢理尋問されれば〝祝福〟の力が発動出来るような気がします!!」

「…………」

やっぱりか。だからアリシアの前でこんなことはしたくなかったんだが……。

でもさすがにウェンディを尋問しない訳にもいかなかったし、彼女を拘束しないで放置しておくことも出来なかった。

一方、隣でアリシアの変態発言を聞かされたウェンディは唖然《あぜん》とした。

「あんたが変態で鬼畜なのは分かってたけど」

「だからそれは全部お前が着せた濡れ衣だって！」

「一体どんな方法で彼女を洗脳したの⁉」

「してねえよ！」

「じゃあ一体どんな鬼畜な調教を……」

どんどん妄想を募らせていくウェンディ。

放っておけばアリシアの教育に悪いことを言い出しかねないし、こいつには眠っていてもらおう。

「黙れ……〝ショック〟」

「あうっ！」

魔力のかたまりをぶつけると、ウェンディは悲鳴を上げて気絶した。

邪魔者が消えたところで俺はアリシアに向き直る。

「それはさておき、ここは敵地だぞ？　こいつを倒したのにだっていつ気づかれるか分からない」

「でもこの小屋を見る限りあまりたくさんの人が出入りしている様子はありません」

確かにこの小屋にはウェンディのものと思われる武器や道具しか置かれていない。

あまり人の出入りは多くないだろうが、だからといって無駄に時間を費やせばばれる危険は増えていく一方だろう。

仮に危険がなかったとしてもここでそんなことをするなんてありえない。

俺がなおも躊躇《ちゅうちょ》していると、アリシアはさらに頬を紅潮させながら言う。

「そ、それに多少敵が来るかもしれない方がスリルがあっていいじゃないですか♡」

「嘘だろ……」

だめだ、こいつは狂っている。

普通なら止めるための材料になるようなことでも、何を言ってもこいつには火に油にしかならないだろう。

「あくまで断ると言うのであれば私にも考えがあります……〝ロック〟！」

「え？」

次の瞬間、小屋のドアに鍵穴が浮かび上がるとガチャリと音を立ててドアが魔法により施錠される。これで外から入ってこられないのはもちろんのこと、俺たちもここから出られなくなってしまう。

比較的初歩の魔法ではあるが、まさかこんなところで使われるなんて……くっ、油断した！

とはいえ俺も錬金術を使うことが出来る。

「……〝簡易錬成・万能鍵〟！」

俺のポケットの中から金属片と魔石が浮かび上がり、目の前で鍵の形状をした魔道具が合成される。

万能鍵、というのはどのような鍵でも開けることが出来る魔法の鍵だ。こんなものを即時に作り出すのはそこそこ難しいのだが、まさかこんなところで使うことになるなんて。

俺は慌てて万能鍵を魔法の鍵穴に差し込むが、

「開かない⁉　くっ、なんだこの強度は！」

鍵穴はびくともしない。

〝ロック〟も〝万能鍵〟も物理的な効果ではない。言うなれば、〝術者の用意した鍵以外では絶対に開かない魔法の錠〟と〝絶対に開ける魔法の鍵〟の対決だ。

となれば最終的には魔力が高い方が勝つ。

そして悲しいことに、王族であるアリシアは国内最強クラスの魔力の持ち主だった。

鍵が開かないことに気づいてその場に崩れ落ちる俺と、得意げな視線を向けてくるアリシア。

「実はこの鍵には合言葉が設定してあるんです。先を急ぎたかったら尋問して聞き出すしかないんじゃないですか？」

「くそ……」

こいつはこんな美少女の見た目をしているが、本性は自分の思い通りになるまで考えを曲げないという超自己中女だ。

それなら、早い所満足させて済ませるしかないのか？

アリシアの思考に引きずられているような気がするが、仕方ない。

「では着替えてきますね」

そう言ってアリシアはさっと隣の部屋に行ってしまう。

着替えるのか、と思ったが確かに〝祝福〟状態のメイド服では鞭で叩かれても痛くないだろう。これからすることへの想像と、隣の部屋から聞こえてくる衣擦れの音があいまって俺の心臓がどくどくと大きな音を立てていく。

やがてアリシアは元の旅装束に着替えて戻ってきた。森で受けた攻撃で少し破れているのがまた扇情的だ。そして自分から腕を後ろに組むと力強く宣言する。

「さあ、存分に縄で縛り上げて尋問してください！」

「いや、捕虜側がそんな態度だったら尋問にならないだろ？」

「確かに。こんな時はどう言えばいいんでしたっけ？　えーっと……〝この身は捕虜となりましたが、あなたに話す情報はありません〟！」

一転してアリシアは真剣な目で俺を睨みつける。

どうやら敵に捕まった捕虜の気持ちになりきっているようで、俺は本当に彼女を尋問しているような気分になりかける。

恐らくはこれも彼女が読んでいた、戦記物や歴史書の捕虜が尋問される場面で学んだ知識だろうか。

全く乗りたくはないが、こうなった以上さっさと〝祝福〟を発動させてしまうしかない。そのためには俺もこのプレイを真面目にやるしかないということだ。

「そうか。そんなことを言っていられるのも今のうちだけだ」

俺の言葉に、アリシアは一瞬期待の表情を見せてすぐに俺を睨みつける眼差《まなざ》しに戻る。

くそ、やっぱりやりづらいな。

「……〝簡易錬成・捕縛縄〟！」

「きゃあっ⁉」

俺が持っていた繊維の欠片がアリシアの周囲に飛んでいき、彼女の体を縛るように実体化していく。

が、そこで不思議なことが起きた。

俺としてはせいぜい手を後ろに回した状態で拘束するぐらいのつもりだったが、魔法の縄は俺の意思を超えて、彼女の全身を覆うように広がっていく。

一体なぜ……と思ったところで俺はふと気づく。

普通魔法というのは（技量不足である場合を除けば）使用者の意図通りに魔力が流れ、効果を発揮する。しかし今回はまるで俺の意図を超えるように魔力が流れ、繊維の欠片はアリシアの全身に広がっていく。俺はせいぜい腕と足だけ縛れればいいと思っていたのに。

何だこれは……？

いや、もしかしてこれはアリシアの意志が、というよりは魔力が俺の魔法に介入しているのか？　アリシア本人もそれに気づいていないようで、役に入り込んだ表情と素の表情を行ったり来たりしている。

普通、他人の魔法に介入するなんていうことは出来ない。出来るとしても相当高度な魔術の腕が必要だろう。

しかし、今の俺の魔法はアリシアの周囲に使われたものでかつアリシアは類稀《まれ》な量の魔力を持つ。そして俺の魔法に対して強い願望を持っている。そんな強大なアリシアの魔力により無意識に彼女の願望が反映されたせいか、俺が生成しようとした縄はアリシアの胸を強調するように縛り、さらに彼女の腹から腰の辺りを縛っていき、足も閉じたまま動かせないように縛っていく。最後に、全身を締め付けた縄はとどめを刺すようにアリシアのスカートに食い込んでいった。

「んんっ……すごいですっ、全身をぎちぎちと締め付けて、ちょっとでも動こうとすると苦しいですっ！　まさに私の理想通りの緊縛を施してくださるなんてさすがマグヌスさん……」

アリシアは頰を紅潮させて話そうとして、はっとしたように、

「こほんっ、こんな風に卑猥な縛り方をしたところで話すことは何もありませんっ！」

と言い直す。

卑猥な縛り方、と言われて俺はつい今の彼女の姿をまじまじと見てしまう。普段はゆったりした服を着ているのでそこまで目立たないが、今は上下左右に縄が這《は》い回《まわ》り、大きな胸が服越しに強調されている。

さらに彼女のスカートは上から強引に縄が通ったせいで、めくれかけの中が見えそうで

見えないギリギリの状態で縛られていた。

そして足を縛った縄は肌にぎゅっと食い込み、彼女の白くて柔らかい太ももをこれでもかというほど強調している。

「……」

これまでも色々と罪悪感はあったが、これまでとはまた別の種類の罪悪感に襲われて、俺は思わずごくりと唾を飲みこんでしまう。

だが、躊躇している訳にはいかない。

「そうか、だが俺も早く鍵を開けてもらわなければならない」

そう言って俺は例の鞭を取り出す。

それを見て今度はアリシアがごくりと唾を飲みこむ。

「た、確かに今の私は全身をぎちぎちに縛り上げられて何をされても抵抗出来ませんが、んんっ、心まであなたに屈することはありませんっ！」

〝何をされても抵抗出来ない〟それを聞いて俺は思わずぞくりとしてしまう。わざとなのか無意識なのか分からないが、いちいち加虐心を煽《あお》ってきやがって。

俺は心の中に生まれた邪《よこしま》な思いを振り払うように鞭を振りあげると、アリシアは自分からもぞもぞと体を回転させてお尻を向ける。動くたびにきつく縛られた縄が食い込むのか、「んっ」「あっ」と声を漏らすのがさらに邪念を煽る。くそ、こんな時にそんなエロい格好を見せつけてきやがって。

「そうか。その態度がいつまで持つかな？」

俺は諸々《もろもろ》のいら立ちをぶつけるように鞭を振り下ろす。

パチィイイイン!!!!

「あびっ⁉　あづ、んんづ♡♡」

甲高い音とともに鞭が命中すると、アリシアはさすがに顔をしかめた。彼女といえども〝祝福〟された鞭で素肌を思い切り叩かれるのは痛いらしい。

しかも今回は鞭による痛みだけではすまない。

痛みで体を震わせれば、今度は縄が食い込む痛みが襲う。逃げ場のない痛みに、アリシアの息は荒くなっていく。

「あづ、あぉ♡♡　んんっ、ああっ……♡♡♡」

とはいえそれも一瞬のこと。すぐにアリシアの顔は恍惚《こうこつ》とした表情に変わっていく。

「はぁ、はぁ……♡」

「どうだ？　話す気になったか？」

「そっ、そんな暴力に訴えたところでっ♡　私の心は変わりませんっ♡」

そんな物欲しそうな顔で言われてもな。

「そうか、だがお前は動けない以上、気が変わるまで続けるだけだ」

「はいっ♡　……じゃなくて、そんなことされても気は変わりませんっ！」

思わず本音が漏れたアリシアは慌てて言い直す。

俺は再び鞭を振り下ろした。

パチィイイイン!!!!

「あっ、いたっ、んんんんんっ♡♡」

パチィイイイイン!!!!

「いたぁぁぁっ♡♡　あっ、あっ、あああああああんっ♡♡♡」

鞭打つたびにアリシアの全身に汗がにじみ、縄でぎゅっと肌に押し付けられている服が透けていく。口から洩《も》れる悲鳴は、徐々にうっとりとした響きが濃くなっていく。

「はぁ♡　はぁ♡　縛られて抵抗出来ない状態の捕虜を何度も鞭打つなんて本当に鬼畜ですねっ♡」

お前がやらせてる癖にっ！

イラっとした俺はつい今までよりも強く鞭を振り下ろす。

パチィイイイインッッッッ!!!!

「あづ、あおあづ♡♡　いっ、今のはっ、本当にっ、んんっ♡　痛かったですっ♡♡」

アリシアがそう言って、体をよじる。そのたびにぎちぎちと音を立てて縄が肌に食い込み、彼女は「あっ♡」「んっ♡」と色っぽい吐息を漏らす。痛みで体を動かせば、全身の縄により更なる痛みが体を襲う。普通なら苦痛で悶《もだ》え苦しむところだが、アリシアの表情は苦悶《くもん》よりもさらに大きな悦楽の色に染まっていた。

「あっ、全身に縄が食い込んで……んっ♡　叩かれてない時も休みなく責められてますっ

♡　これ以上は本当にもうっ……あっ♡」

吐息を漏らしながら、彼女の体がわずかに光り出す。さすがに今回の〝おしおき〟はハードだったおかげか、〝祝福〟の発動が迫っているらしい。

よし、もう終わらせてやる！

「捕らわれて尋問されてる最中に興奮するなんてこの変態め！」

パチィイイインッッッ!!!!

「あづ、んんんづ♡♡　ごっ、ごめんなさいっっっ♡♡」

あと少しだ。俺はありったけのアリシアへの恨みを思い浮かべながら鞭を振るう。

「ごめんなさいじゃなくて、ちゃんと話す気になったか？」

「いえ、もっとして欲しいですっ……じ、じゃなくて、どれだけひどい目に遭わされてもそれは言えませんっ♡」

「自分から言い出した癖にロールプレイもちゃんと出来ないのか⁉」

パチィイイイインッッッッ!!!!

「ひぐぅっ⁉♡♡　くっ、んふぅっ、あああぁっ♡♡」

アリシアの表情が更なる恍惚に染まっていく。

「ごっ、ごめんなさいっ♡♡　敵に捕まって尋問されてるのにっ♡♡　鞭で打たれるたびにっ、鞭の痛みと縄の締め付けがすごくってっ♡♡　頭ふわふわってしてして自分でも何言ってるのか分からなくてっ♡♡　これ以上打たれたらっ♡♡　もうっ………」

パチィィィインッッッッッ!!!!

「あああああああああああっ♡♡♡　そんな力強く打たれたらっ♡♡　私はもうっ♡♡」

彼女がそう叫んだ時だった。淡く輝いていた魔力の光が突如として爆発するように大きくなる。そして彼女の体を包み込んだ。

よし、今回は早めに〝祝福〟が始まった！

そう言えば〝祝福〟を受けるのはその時アリシアが強く思い浮かべていたものだという。それなら今回の対象は……。

そう思った次の瞬間、彼女の体を縛っていた縄が輝き出す。

「すごいですっ♡♡　私の全身をぎゅっと締め付けている縄がっ♡♡　〝祝福〟されてもっときつくなってて♡♡　全身をぎゅっぎゅってて♡♡　締め付けてきますっ♡♡」

よっぽど気持ち良……痛いのか、アリシアは艶っぽい声で絶叫する。

やがて光が消え、アリシアの全身を縛る縄はきらきらと輝いていた。

今回は縄で縛ったせいでこんなことになってしまったのか。にしても縄なんてどうやって使えばいいんだ？

「すごいっ、これすごいですっ……♡♡　ちょっとでも体を動かすとぎちぎちって……んっ♡♡」

「おい、そろそろ終わるぞ……ってこれどうすればいいんだ？」

そこで俺は〝祝福〟された縄をどう使うか以前の問題に気づく。

鞭や服と違って、縛られた状態の縄なんてどうすればいいんだ？　斬ろうにも、〝祝福〟を受けた縄がただのナイフや剣で斬れるとは思えない。

「はいっ♡　私はしばらくこのままで構いませんっ♡♡」

うっとりした表情で呑気《のんき》なことを言うアリシアに俺は心底いらいらする。

「馬鹿っ！　レスティアのところに行くってことを忘れたのか⁉」

「はっ⁉　そ、そうでした！」

アリシアはようやく我に返ったようで、はっとしたように言う。

「すみませんがこれ、ほどいていただけませんか？」

「あ、ああ……」

それ以外に方法があるとも思えない。

仕方なく俺はアリシアの隣にしゃがむと、彼女の体を縛《いまし》める縄の結び目に手をかけるが……。

「だめだ、これすごく固い！」

「あっ、そんな強く触ったら縄が食い込んで……んんっ♡」

しかも俺が結び目を解こうとするとアリシアは悩ましい声をあげて身をよじる。

きつく縛られているためちょっとでも力をこめるとすぐに食い込んでしまうらしいが……。

やばいっ！

俺は身をよじるアリシアの姿を見て気づかれないように唾を飲みこむ。

忘れがちだが、アリシアは外見だけ見ればきれいな銀髪に肉付きのいい身体《からだ》をした美少女だ。そんな彼女が全身を卑猥な縛り方で縛められて倒れ、恍惚とした表情で汗をにじませている。胸が透けそうになり、スカートは今にもまくれそう。

そんな姿を見て、俺は自身の中に良くない感情が再び湧き上がってくるのを感じる。

しかも結び目を解こうとすると、どうしても彼女の身体に触れてしまう。服越しとはいえ縄でぎゅっと締め付けられ、汗で湿った柔らかい身体に……。

今はそれどころじゃないと分かっていても意識することをやめられない。

俺がそんな邪念と戦っていると。

「ん、どうしましたか？　もしかして私が動けないのをいいことにもっと酷《ひど》いことをしたくなりましたか？」

期待の目で見てくるアリシアに俺は我に返る。

そうだ、どれだけ美少女でどれだけエロい姿になっていても、所詮こいつはマゾの変態だし、いまだに俺のことを変態趣味の男だと思い込んでいるし、自分の趣味に他人を無理やり付き合わせるような自己中女だ。

こんなやつに一瞬でもエロさを見出《みいだ》してしまうなんて。いくら外見が美少女でエロい格好をしていても騙《だま》されてはいけない。

そう思うと同時に俺は一つの疑問を覚えた。

「お前、何で俺にそんなにこだわるんだ？」

「……と言いますと？」

「前も言ってたが、別に誰にでもこんなことをされたいという訳ではないんだろう？」

「そ、それは……まあ、興奮はしてしまうかもしれませんが、少なくとも理性では望ましいとは思いません」

興奮はするのかよと思ったが、理性では望ましいと思わない、と聞いて俺は驚くと同時に少しほっとしてしまう。

そしてメイド服を着ているアリシアを〝おしおき〟した時のことを思い出す。

あの時もアリシアが見知らぬ人に〝おしおき〟されて喜んでいるところを想像して、なぜか嫌な気持ちになったんだったか。

「じゃあ何で俺は良かったんだ？　少なくとも、最初に会った時はアリシアにとって俺は、世間の評判以外では見ず知らずの他人だっただろ？　さすがにあの評判以外に何か理由はなかったのか？」

前の時は行為の最中だったこともあってその辺はあまり深く聞けなかった。

縄をほどくのに時間がかかりそうということもあって、敵地だというのに俺はついそんなことを尋ねてしまう。

するとアリシアは少しだけ拗《す》ねたような素振りを見せてから口を開く。

「やっぱり覚えていらっしゃらないのですね」

「あ、ああ」

え、俺がアリシアと昔何かあったというのか？

「ちょっと恥ずかしいお話だったので話さないつもりでしたが、そう言われたらお話ししますね」

こいつにも恥ずかしいという感情はあるのか。

「……今何か失礼なこと考えました？」

「いや、何でもない」

「ほら、恥ずかしさにも種類があるじゃないですか。こ、これはあくまで例えですけど、手枷《てかせ》をつけられて公道を連行される恥ずかしさは良くても、自分の日記を覗かれるのは恥ずかしいみたいな……？」

顔を赤くして少しためらいながら言うアリシア。その乙女チックな仕草や表情と台詞《せりふ》の内容が全く合っていない。

「悪いが一欠片も共感出来ない」

「こほん、あれは十年ほど前のことです。当時は現役だったウォーレンという錬金術師が所用で王宮にやってきた時でした」

「俺の師匠か」

今は年で隠居しているが、様々なことを教えてくれた人だ。彼が王宮に行った時であれば、俺も幼いながら同行していたかもしれない。

「はい。ウォーレンさんはその時お父様が依頼した魔道具を錬成するため、王宮に滞在していました。当時幼かった私は錬金術にとても興味がありましたが、お父様や教師は『王族は錬金術よりも故事歴史や礼儀作法、国内の地理や産業について学ぶべき』と言うばかりで錬金術については教えてもらえなかったのです。そこで私はある日思い切って、ウォーレンさんが父上と話をしている隙に彼が使っていた部屋に忍び込みました」

どうやら当時からそういう行動力はあったらしい。

「そこには私が見たことのない魔道具や素材の数々が並んでいて、幼かった私は目を見張りました。そしてそれらがどのようなものか、近づいたり手に取ったりして見ていたのです。しかしそこへ、ウォーレンさんの弟子である同じぐらいの年の男の子がやってきました。見つかった、と思った私は棚の上の方にあった瓶を思わず落としてしまいました。その時、その男の子が急に私を押し倒してきたんです！」

アリシアの拳はぎゅっと握りしめられ、どんどん早口になっていく。

「それまで私は年の近い異性との関わりがなかったのに、吐息がかかりそうなほど顔が近くて。すごく動揺して頭が真っ白になってしまった上に、彼の身体がぎゅっと私を押さえつけるので逃げることも出来ません。そしたらその体勢のまま、『ここは危ないから子供が遊び半分で触っていい場所じゃない。二度とするな』と厳しく叱られたのです！」

な、何だその危険な体勢は。子供がしていい体勢じゃない！

だがウォーレンの弟子でアリシアと同じぐらいの年、ということはその男子は俺のことだろう。俺にそんなことをした記憶はないんだが……。

ってていうか仮にそれが実際にあったことだとして、俺に好意を抱く要素はあったか？

「私は当時も今も王女として国内でお父様に次いで高い身分を持っています。教師や家臣の方々も、私と話す時はみな気を遣うのです。例えば私が簡単な問題を間違えても、『たまたま調子が悪かっただけで、殿下なら出来ますよ』などと言うのです！」

それの何が問題なんだ？　と思うが問題なのはこいつの頭の中なのだろう。

話の流れが見えてきて俺はだんだん嫌な予感が募っていく。

「大臣や大司教も、私に意見する時は遠回しにそれとなく言うばかり。そしてお父様は親馬鹿なので私のことを全然叱ってくれません。そんな私にとって、あんな風に押し倒されて厳しく怒られたことは初めての経験だったのです！」

アリシアはうっとりしたように言うが、結局その歪《ゆが》んだ性癖に行きつくんじゃないか。

俺は内心あきれ果てた。

「とはいえ当時は何でそれが嬉《うれ》しいのかよく分からず、それから数年経ってようやく私は自分の気持ちに気づいたのです。他人に厳しくおしおきされることは幸せなことだ、と」

「……」

出来れば一生気づかないで欲しかったんだが。

「そしてウォーレンさんの弟子の名前を調べたところマグヌスさんしかいないと知り、その後もそれとなく噂《うわさ》を集めていたんですが……私の期待に違わぬ、いえそれ以上の素晴らしい方でした」

「いや、最初から最後まで突っ込み所しかないし、大体俺は初対面の、それも女子をいきなり押し倒したことなんてない！」

「ええ？　でも該当するのはマグヌスさんしかいませんし、それに……」

そう言うと、アリシアは縄がほどけた腕で突然俺の服の背中をまくる。

「うわっ、な、何するんだ⁉」

「ほら、ありました。あの時薬品からかばってくださった時の跡が」

「もしかして……」

そう言われて俺は一つの記憶を思い出す。

そう言えば、当時師匠の部屋に勝手に入ってきた女の子がいた。そして彼女は部屋の中の危険な薬品を落としそうになっていた。もし彼女に当たれば怪我《けが》をしてしまうかもしれない。そう思った俺は咄嗟に彼女をかばったし、注意をしたような気もしなくはない。

当時はまさか彼女が王女だとは思っていなかったのですっかり頭の片隅にしまわれていた出来事だった。

「そういうことなら薬品からかばったことを先に言ってくれ！　最初の話だけ聞いたらただのやばいやつだろ！　あとあの時はかばっただけで押し倒してない！」

「いえ、思いっきり押し倒されました！　馬乗りになって手足の動きを封じられて、今にも襲い掛かられそうなほど顔も近くて……」

「『今にも襲い掛かられそうなほど』って主観だろ！」

性癖が絡むと彼女の認識は都合よく捻じ曲がるので全く信用出来ない。

「あと、その後錬金術についても教えてくださったじゃないですか」

言われてみればそんなこともあったような気がする。当時の俺は覚えたての知識を誰かに教えられるのが嬉しかったんだったか。ていうか、普通はそっちがメインの思い出になるんじゃないのか？　「王宮の中のことしか知らない私に錬金術という新しい世界を見せてくれた」というきれいな思い出になるはずが、「押し倒されて襲い掛かられそうになった」相手として覚えられてしまうなんて……。

「大体、あれが王女だったらさすがに十年前の俺でも気づくだろう！」

「そう言えばあの時は王宮内で見つからないように、目立たない格好に変装していたような気が……」

「まじかよ」

ということは彼女は本当にアリシアだったのか。言われてみれば、髪は結んで編み上げられていたがアリシアと同じ長くてきれいな銀髪だったような気がする。

「その後も私はその時のことを忘れられませんでした。とはいえ調べてもそういう性癖だという話は出てきません。ですからあれは私の勘違いだと思うことにしたのです」

「それが正解なんだが」

「そして婚約の話が出て、王族の一員として私個人の小さな思い出なんて捨てなければと思おうとした時でした。ちょうどマグヌスさんが女性を厳しくおしおきするのが好きだという噂を聞いたのです！」

「だからそれは嘘なんだって！　つまり、初対面の時もこの前会った時も変な誤解をされていたということか。はぁ……」

俺は深いため息をつく。

「え？　誤解も何も荒々しくて男性らしい素晴らしい方だと思っていますけど……んっ、そこだめですっ♡」

固い結び目をほどこうと、つい指に力が入ってしまい、アリシアの口からなまめかしい声が漏れる。

彼女の言葉を訂正しようと思ったが、別にいいかと思えてしまった。

「その声を聴くと集中出来ないから我慢出来ないか？」

「そう言われても……あんっ♡」

俺が指を動かすと再び声をあげてしまうアリシア。

普通ならこんな状況になればもっと痛そうだったり苦しそうだったりする声をあげると思うんだが……。こいつの声は精神衛生に悪い。

「さっきからこれすっごくきつく食い込んでっ♡　そうだ、マグヌスさんが私に猿轡《さるぐつわ》をしてくれたら声を出さなくて済むかもしれません!!」

名案を思い付いたという風に叫ぶアリシア。

それを聞いて俺はさらにあきれ果てる。

「絶対お前が猿轡されたいだけだろ。とにかく、早くほどいて欲しかったら黙っててくれ」

「いえ、私はしばらくこのままでも……んんっ♡」

「ああもう！　本当にこいつは何を言っても！」

こうして、俺はそれからさらに数十分、縄とアリシアと格闘するはめになったのだった。

「……じゃあ気を取り直して、本拠に乗り込むか」

「はいっ！」

それから数十分して縄を解き終わり、俺はげっそりした表情で、逆にアリシアは妙に弾んだ足取りで小屋を出る。くそ、敵の本拠地に来たというのにまるで緊張感がないんだが……。

アリシアが魔法の灯《あか》りをともし、俺たちは小屋の近くに開いている洞窟へと入っていった。洞窟は思ったよりも短く、すぐに大きなドアに行く手を塞がれる。恐らくこの向こうにレスティアらがいるのだろう。

俺はアリシアと目を見合わせて頷《うなず》くとドアを開ける。

ガチャリ
自然の洞窟からロウソクが灯《とも》された住居のような空間に入った……と思った時だった。

「侵入者か⁉」

「何者だ⁉」

剣を構えた男が二人こちらに向かってくる。鎧《よろい》は身に着けていないが、片方の男は筋骨隆々とした体つきに長剣を構え、もう片方は素早い身のこなしで短剣を抜いている。二人ともそれなりに腕は立ちそうに見えた。

とはいえ今の俺たちの前では大した敵ではない。

鞭《むち》が長剣男に襲い掛かり、その隙に俺に襲い掛かってきた短剣男はアリシアの魔法で倒される。

「ふふっ、何度もアレをしたおかげですっかり相性抜群になれましたね」

「違う、俺たちの連携が良くなってるのは一緒に調査を続けてきたからとかそういう理由であって、絶対アレは関係ない！」

「そんな、私の恥ずかしいところを激しく責めてあんなに気持ちよくしてくれたのに……」

その意味深な言い方をやめろ、と思うがそのまま言うともっといかがわしいのでどうしようもない。

さらに奥へ入ると、もはや戦闘能力のない、修道服を着た男女が俺たちの方を見て悲鳴を上げる。彼らからすれば、俺たちも領主の手の者に見えるのだろう。どう説明しようかと思っていると、俺はその中にいるある男性を見てエリーから聞いた話を思い出す。

もしかして彼は、トリルの教会から失踪したというミラーじゃないか？　彼は俺たちを見ると怯《おび》えた顔をして「助けてママ！」と近くのシスターに抱き着く。シスターも俺たちの登場に驚いていたが、抱き着いてきたミラーの頭をよしよしと撫《な》でている。

それを見て俺は全てのやる気を失いかけるが、一応彼を心配していたエリーのために声をかける。

「ミラーさん？　エリーさんが心配してたが」

それを聞いて幼児退行していたミラーがはっとしたようにこちらを見る。

「エリーが⁉　だけど、俺はもう彼女に……」

「あなた方の志《こころざし》自体は立派です。ですが他人に理解されていないからといって、身近な人との対話まで拒んでいませんでしたか？」

「そ、それは……」

ただのやばいやつかと思っていたミラーだが、いくばくかの理性が残っていたのか申し訳なさそうに目を伏せる。

「私たちもレスティアさんとお話ししてみたいのです。ここは平和的に通してもらえませんか？」

アリシアの言葉にミラーが頷《うなず》きかけた時だった。

「そんなことさせるか‼」

「侵入者なんかをレスティア様と会わせてたまるか！」

ばたばたという足音とともに数人の修道服を着た人々が手に包丁や棍棒《こんぼう》といったありあわせの武器を持って出てきた。戦闘のプロというよりは戦いなれていない幹部の人間がとりあえず武器を手に取った、という風に見える。

先ほどの二人に比べれば素人に見えるが、逆にプロではない相手と戦うことにためらいを感じてしまう。お互いがにらみ合い、緊迫した時間が流れる。

　すると。

「……彼らを招き入れるのです」

　不意に部屋の奥からよく通る声が聞こえた。

　その声は大きい訳ではないが、いくつかの部屋の壁を、まるで透き通るように聞こえてくる。こんな状況でも思わず聞き入ってしまうような何かがその声にはあった。

　それを聞いて俺たちは思わず顔を見合わせる。

　幹部の者たちもびくりとしたようだが、苦い表情で口々に言う。

「ですがあの者たちは……」「いくら何でも危険すぎです！」

「彼らも聖母様の奇跡を体験すれば理解するでしょう」

「レスティア様がそこまでおっしゃるのであれば」

　そんなやりとりの後、奥の部屋へと続くドアが開く。

　俺たちの侵入を防ごうとしていた修道服の人々は不服そうな目でこちらを見るが、しぶしぶといった様子で中へと案内した。


「おぉ……」

　奥の部屋へと案内された俺は中に広がる光景に感心する。

　あんな洞窟の奥にあった隠れ家の割に、奥のこの一室は小さいながらもまるで本物の教会の礼拝堂のような荘厳な部屋になっている。

そして何より、その中央の祭壇前で祈りを捧《ささ》げるように手を組んでいる女性に見とれてしまう。黒い修道服に身を包み、ヴェールの下からは美しい金色の髪が伸びている。そして絵画のようにきれいで慈悲深い表情を浮かべていた。見た目の美しさもさることながら、身に纏《まと》う雰囲気には神々しさすら漂っている。さすが〝預言者〟なんて呼ばれて崇《あが》められているだけあって、一目見て普通の人とはオーラが違う。

「お二人が、私たちのことを調べているという冒険者の方々ですね？」

彼女は侵入者である俺たちにも柔和な笑みを絶やさない。それを見ているとまるで俺たちが賓客であったような気すらしてくる。

「あ、ああ」

特に敵意を見せることもなく話しかけてくる彼女に、俺は思わず毒気を抜かれてしまう。

「お二人とも、恐らく私たちに対して何か誤解を抱いているのです」

「金銭トラブルや、失踪が相次いでいるのは事実だろう。寄付をさせたり、失踪して自分たちのところへ来るよう仕向けたりしてるんじゃないのか？」

あと信者が気持ち悪いし、と俺は心の中で付け足す。

「いえ、それは彼らが聖母様に真の救いを見出《みいだ》したからです。例えばあなたも、本当に愛する女性が困っていれば私財をなげうってでも助けたい、と思うこともあるでしょう。また、本当に愛する女性と結ばれるのに身分が障壁であれば駆け落ちしたい、と思うこともあるでしょう」

「……」

それとこれとは別だ、と言おうと思ったがこいつらが悪質な勧誘をしているという証拠はない。彼女らの〝母性〟とやらにミラーやウェンディが勝手に嵌《は》まっている分には違法とは言えない。

「私たちは彼ら彼女らに入信を強制したことは一度もありません。皆自ら望んでここにいるのです」

レスティアの口調にはよどみがなく、彼女自身は本気でそう信じていることがうかがえた。言い返す隙が見つからなかったので俺はしばらく聞きに徹することにする。

「思い出して下さい、この国と教会の現状を。教会では平然と金のために信仰を利用することが良しとされ、王国では賄賂や讒言《ざんげん》による人事が横行しています」

讒言、と聞いて俺はふと自分の身の上を思い出す。

「上はゆっくりと腐っていき、人々の生活は少しずつ悪くなる一方。そんな中、唯一私たちに慈悲の手を差し伸べてくれるのが聖母様なのです」

「ですがそもそもアルテミア神に性別は定められていませんし、あなたはあなたで神に対して都合のいい解釈をしているように聞こえます」

毅然《きぜん》と反論するアリシア。

その真剣な雰囲気に、俺も向こうの聖職者たちも思わず黙って見守ってしまう。

「それはあなたが教会によって曇らされた姿しか見ていないからです。私は直接聖母様の

「言葉を聞くことが出来ますから」

「そんなのはどうとでも言えますから！」

「では考えてみてください。教会の言うところの神は私たちの苦境を見て見ぬふりをし、さらに金持ちばかりを天国に連れていきます。しかし私が接した聖母様は実際に私たちに手を差し伸べてくださいます。そのどちらが真実か、誰でも分かることでしょう」

「……」

そう言われるとアリシアも一瞬黙ってしまう。

そもそもこんなことになったのは元々の教会に問題があったからというのは間違いないので、そこを突かれると言い返しづらい。

「そうですか。ではそれが虚偽なのか、本物の〝聖母の抱擁〟なのか、見せてもらいましょう」

アリシアも論戦のみで解決することを諦めたようだった。

結局〝聖母教〟の根本は全て〝聖母の抱擁の儀〟とやらに行きつくし、ほとんどの信者たちもそれが入信の決め手だろう。ならばそれを体験しないことにはただの詐欺集団なのか、本物の邪教なのか、それとも本当の救済なのかを判別することは出来ない。

「分かりました。本来であれば気安くお見せするものではありませんが、ここまで足を運んでくださった熱意に免じてよろしいでしょう。では、前へどうぞ」

俺は思わずアリシアと目を見合わせ、頷く。最悪何か危害を加えられる可能性もある以上俺が前に出るしかないだろう。

「気をつけてください、彼女、かなりの魔力を持っています」

「ああ」

俺は軽く頷いて前に出る。そんな俺の姿に、周囲の信者たちから嫉妬と羨望の眼差《まなざ》しが注がれた。これからされることはそんなに素晴らしい行為なのだろうか。

するとレスティアは俺の前で祈りをささげる姿勢をとる。

いよいよ〝聖母教〟の〝奇跡〟とやらをこの身で実感出来る。俺とアリシアだけでなく、周囲で見守る〝聖母教〟の者たちもごくりと唾を飲みこんだ。

「天から我らを見守ってくださっている慈悲深き聖母よ、本当の愛を知らない哀れな子を抱きしめたまえ」

誰が愛を知らない哀れな子だ、と心の中で突っ込みを入れた瞬間。

レスティアの周囲に急速に魔力が満ちていくのを感じる。

元々彼女はかなりの魔力の持ち主だったが、それが一気に周囲に溢れ出す。

そして不意に目の前がぱっと輝き、俺の体は光に包まれた。

「っ⁉」

まるでアリシアが〝祝福〟された時と同じような神々しい雰囲気に一瞬見とれてしまうが、あれと似ていると思うとそこまで感動することでもない、と俺は平静を保つ。

やがて光に包まれた俺の体は、確かに誰かに抱きしめられているかのようにぽかぽかと不思議な温《ぬく》もりに包まれていった。

とはいえただ人間に抱きしめられるのとは全然違う。

温かさと同時に大いなる力を感じる、そんな温もり。ずっとこの温もりに包まれていたい、思わずそう思ってしまうほど心が安らいでいく。

「おぉ……」「久しぶりに聖母様の抱擁を目の当たりに出来た……」「俺も抱きしめられてばぶばぶしたい……」

それを見ていた信者たちからは感心と羨望、そして嫉妬の声が上がる。

言われてみればこれこそが〝聖母の抱擁〟なのかもしれない。

俺も様々な先入観がなければ。仮に、ウェンディに裏切られた直後にこの〝抱擁〟を受けていれば。その時は救いを見出してしまっていたかもしれない。

ちらっと後ろを見るとアリシアは驚きつつもじっと俺と、そしてレスティアを凝視していた。

そんな温かな〝抱擁〟に包まれてどれぐらい経《た》っただろうか。

やがて光は少しずつ薄くなっていき、体を包んでいた抱擁のような温もりも消えていく。そのことに、俺はつい名残惜しさを覚えてしまう。

そしてレスティアは目を開いた。

「どうでしたか？　これが聖母様の〝抱擁〟です。人間の愚かな行為を見て見ぬふりをするアルテミア神と違い、聖母様は確かな愛で私たちを包んでくださるのです」

レスティアは陶酔したような熱っぽい口調で言う。

確かに今のは神々しかったし、これを実際に受けた、もしくは目の前で見せられた人が信者になってしまうのもうなずける。

俺は後ろのアリシアを振り返る。

すると彼女は静かに言った。

「いいえ、それは〝聖母の抱擁〟などではありません」

「何だと⁉」「無礼な！」「やはり教会の手先か⁉」

それを聞いて信者たちは色めき立つ。

恐らくこれまで間近でこの儀式を見て否定した者などいなかったのだろう。

が、レスティアはそれを軽く手で制して言う。

「では一体何だと言うのです？」

「簡単に言えばレスティアさん、あなたは大きな魔力と、そしてとてつもない魔法感応力を持っているというだけです」

アリシアの口から飛び出した言葉に俺は少し驚く。

魔法感応力、というのは魔力との親和性のようなものだ。高ければ高いほど魔力を繊細に扱うことが出来る。言うなれば、普通の人がトングで行う作業をピンセットを用いて行うことが出来るようなものだ。そのため、魔力と並んで魔術の才能と呼ばれる力でもある。

「あなたは魔法感応力が高すぎるゆえに、ただの魔力の高まりを神様の言葉を聞いた、と誤解したのでしょう」

例えば俺がずっとうまくいかず悩んでいた調合で、まるで天啓が降りたようにひらめきが発生してうまくいく、というようなものだろうか？　確かにそういう時は神の言葉が聞こえた、と思ってしまうこともあるが。

「そして魔法感応力に由来する繊細な魔法技術で魔力を操り、相手に〝聖母の抱擁〟を受けたと錯覚させているのです」

そんなアリシアの言葉にレスティアは少しだけ動揺を見せた。

「何を言っているのです？　今のは明らかに通常の魔法とは違うではありませんか。今のがただの魔法だと言うのであれば一体何属性の魔法だと言うのです？」

そう言われて俺は言葉に詰まる。まずい、ここで答えられなければやはり通常の魔法ではない〝奇跡〟だったということになってしまう。

が、アリシアは自信を持って口を開いた。

「強いて言うのであれば治癒属性の魔法でしょう」

「そ、そのようなことは……」

言われてみれば、治癒魔法を受けた時に似た感覚だったかもしれない。とてつもない魔法感応力の持ち主であれば、治癒魔法を改良してさっきのようなことをすることも不可能とは言い切れない。

アリシアの言葉にさすがのレスティアも返答に詰まる。

かといって、レスティアが地位や金のために意図的に〝聖母抱擁の儀〟を作り出していい思いをしているようには見えない。特段彼女だけ高価な装飾品を身に着けているようには見えないし、この隠れ家もいいところとは思えない。

恐らく、レスティア自身も本当に人々を救おうとしてやっているのだろう。そう考えると少し胸が痛む。

すると。

「だ、だが俺は聖母様の言葉を聞いたんだ！」

沈黙を破るように一人の信者が叫んだ。

「それはあなたの深い信仰心を利用して感覚を同期させ、声を聴かせたということでしょう」

「そんなことがあるか！」

「そうだ、結局何を言ってもそうやって否定するつもりなんだろう！」

「教会の犬め！」

再びアリシアに向けて周囲から罵声が飛んでくる。

アリシアの言っていることは恐らく事実なのだろうが、この場で確固たる証拠を突きつけることは出来ないため、深い信仰を持った者たちを説得することは難しい。

「う〜ん、私は別に教会の味方ではないので、ありもしない事実で罵倒されても嬉《うれ》しくないですね」

普通の人ならそのままの意味なのだろうが、「事実で罵倒されるなら嬉しい」という目でちらりとこちらを見てくるアリシア。こんな時に何を言ってるんだ、と思っていると。

「それにあなた方は決定的に間違っていることがあります」

アリシアは声を張って言う。

「な、何でしょう？」

「聞けば、あなた方は現実がままならないからといって神様にすがりついて助けてもらおうとしているようですね」

「本来神とはそうあるべきです。腐敗した教会と苦しむ庶民を見過ごすアルテミア神は信仰するに値しません」

毅然と言い返すレスティア。

「まあ、アルテミア神が信仰するに値するかはいったん置いておきますが……。困難な状況に陥った時は、抱擁して慰めてくれる存在よりも厳しく罰してくれる存在の方がありがたいです！」

うわぁ……。

自信満々のアリシアの口から放たれた言葉に俺は頭を抱える。外面だけはいいのが取り柄だったのに、ついに性癖をカミングアウトするなんて。

「？.？.？.」

それまで比較的理性的に話していたレスティアも、激しい敵意を向けていた信者たちも、突然の話の展開に同じように困惑していた。

どう考えてもそれは完全にお前の趣味だし、そもそもお前はそこまでの困難に陥ってないだろ。

まるで今まで同じ言葉で会話していた相手が突然外国語を話しだすようなものだ。

「人とはどうしても放っておけば堕落していくもの。そんな時、神でも人でも、この人と決めた相手に厳しくおしおきをしてもらうことこそが真の幸福なのです！」

アリシアの言葉に、周囲にさらに困惑が広がっていく。

どう考えても一番堕落してるのはお前だよ！

俺はすぐにそう叫びたくなるが、それはそれとしてこの場をどう収めればいいんだ？

結局俺たち二人でこの場の全員を倒さなければいけないのか？　などと考えていると。

最初に口を開いたのはレスティアだった。

「なるほど。あなたはどうやら教会とは別のカルト教派に洗脳されているようですね。困窮する人を助けるどころか、神を騙《かた》り洗脳して食い物にする卑劣な連中に」

最初はこいつらがそれだと思っていたが、少なくともレスティア本人は本心から〝聖母教〟が人々の救済になると信じているように見える。少なくとも俺が見る限り、彼女からは悪意は感じ取れない。

そしてアリシアはただ変態なだけなのに、カルト教派信者ということにされているようだった。

　こいつは変態だが自分の目的を達するために手段は選ぶタイプだ。それなのになぜわざわざこの場で性癖を晒《さら》して白い目で見られているのだろうか。俺は小声でアリシアに尋ねる。

「おい、こんなふざけたことを言って、一体どうするつもりなんだ？」

　するとアリシアは自信満々に言った。

「簡単です。マグヌスさん、本物の〝聖なる力〟を見せてあげてください」

「え？」

　やっぱり俺が戦わないといけないのか。戦いになること自体はある程度想定していたが、とはいえそれなら今の性癖カミングアウトは何だったんだ？

　するとアリシアはさらに小声で言う。

（レスティアさんは人並外れた魔法感応力を持っています。つまり卓越した魔術の才能がある反面、莫大《ばくだい》な魔力を持った〝祝福〟道具を使えば、常人以上に〝聖なる力〟を感じてしまうでしょう）

（つまりどういうことだ？）

（マグヌスさん、この戦いはただレスティアさんを倒すだけでは禍根を残します）

　確かに残された信者たちは統制を失い、暴徒化する可能性だってある。そうすれば多くの人が捕まるか、最悪死者も出るかもしれない。

（レスティアさんの魔法感応力であれば〝聖なる力〟が本当のものだと気づかざるを得な

いでしょう。ここはマグヌスさんが彼女をもっと素晴らしい真実に目覚めさせないといけません）

（わ、分かった）

要するにただ倒すだけでなく彼女を改心させる必要があるということだろう。本物の〝聖なる力〟であればそれが可能ということか。

確かにレスティアも信者たちも、多少問題があるやつはいるが、（ウェンディ以外は）悪人という訳ではない。そんな彼らから死者が出たり、捕まったりすればあまりにも後味が悪い。

言いたいことは何となく理解したが……。

「本物の〝聖なる力〟？」「やっぱりあいつ変な宗教に嵌まってるんじゃ……」「最初からなんかおかしいと思ってたんだよな」

アリシアに敵意を燃やしていた信者たちの視線も次第に憐《あわ》れむようなものに変わっている。それを見てレスティアも俺たちを平和的に説得することを諦めたようだった。

「いいでしょう、少々荒っぽいですが聖母様に代わりあなたを救済します」

そして何かの呪文を唱え始める。

レスティアのやろうとしていることが「救済（洗脳）」なのか、「救済（物理）」なのかは分からないが、魔力も魔法感応力も高い相手に魔法を唱えさせてはならない。アリシアの思い通りに行動するのは非常に癪《しゃく》だったが、俺は先ほどアリシアが〝祝福〟した縄を取り出す。

「おい、あの縄なんか特殊な魔力に包まれてるぞ！」「あれが〝聖なる力〟？」「いや、騙《だま》されるな、きっとカルト教派が用意した詐術だろう！」

さすが、〝聖母教〟の信者だけあって多少は魔法的なものに対して見る目があるらしい。アリシアの〝祝福〟を受けた縄を目にしてどよめきが走る。レスティアも詠唱しながら目を丸くした。

「本当はこんなもの使いたくないが……仕方ない！」

動揺しているとはいえレスティアの周囲には強大な魔力が集まっている。どんな魔法を使ってくるかも分からないし、手段を選んでいる余裕はない。くそ、俺はただこの事件を平和に解決したいだけなのに！

「させるか、預言者様をお守りする！」

「〝ウィンド・カッター〟！」

「うわぁ⁉」

信者が俺とレスティアの間に入ろうとすると、それを妨害するようにアリシアの魔法が飛ぶ。戦闘に長《た》けている訳でもない彼らは避けるので精一杯。浮足立った信者たちの前を通り、俺はレスティアの前へ向かう。悔しいが、やはりアリシアとの連携は良くなっていた。

「喰《く》らえっ！」

そして俺は正面から思い切り〝祝福〟を受けた縄をレスティアに投げつける。

するとレスティアは元々続けていた詠唱を止めた。本来であれば詠唱を止めれば魔法は失敗するが、彼女の周囲には魔力が集まったまま。

「〝ホーリー・シールド〟！」

レスティアは同時に防御魔法を唱え、彼女の前に白い光が集まり、魔力の盾が形成された。

二つの詠唱を並行して行うのはかなりの離れ業だが、魔法感応力が高いレスティアにはそれが出来てしまうのだろう。

俺が投げた縄は〝ホーリー・シールド〟によって防がれ……。

パリンッ！

アリシアの祝福を受けた縄はあっさりと〝ホーリー・シールド〟を破ってしまう。

「えっ……？」

それを見てレスティアの顔が引きつっていく。

まさかこうもたやすく防御魔法を破るとは、と投げた俺自身もひそかに驚く。

次の瞬間、縄はまるでそれ自体が意志を持つかのようにレスティアの体にまとわりつき、ぎちぎちと締め上げた。

シュルシュル、ギチッ、バシュンッ!!

「あっ！　んんっ!?」

突然のことにレスティアは体を拘束されながら悲鳴を上げ、詠唱が乱れる。

縄は先ほどアリシアの体を締め付けていた時と同じようにレスティアの胸を強調するように縛り上げ、修道服を肌にぴっちりと張り付けながら下半身へと伸びていく。そしてスカートを縦に割って股間のあたりを締め付けた。

俺は別にそんな卑猥《ひわい》な縛り方をしたい訳ではないが、やはり〝祝福〟武器は誕生した時の状況や〝祝福〟した人の心理が影響してしまうのだろう。

俺は心の中でやめてくれと思い続けたが、気が付くと縄はレスティアを淫靡《いんび》に縛り上げていた。

「くっ、詠唱さえ終わればこんなやつらに……あっ、ああっ⁉」

縄がどこに触れたのか、先ほどよりも少しなまめかしい悲鳴をあげるレスティア。そして別の呪文を唱えても乱れなかった詠唱は、あっけなく途絶えてしまった。

が、縄は止まることなくさらにそのまま彼女の足も縛り上げていく。

「くそ、邪教徒め、預言者様にこんな卑猥な攻撃をするとは」「許せん、カルト教派め！」「変態カルト！」「あぁ……しかしこんなレスティア様もお美しい」

信者たちは助けようとするが、アリシアが魔法で援護射撃してくれるおかげで近づくことも出来ない。そして（一部を除いて）憎悪と非難、軽蔑の視線が飛んでくる。

やめろ、そんな目で俺を見るな。これは全部この縄が勝手にやったことであり、俺が意図してこんな卑猥な縛り方をしたわけじゃないんだ。

　しかし修道服の上からきつく縛り上げられて胸や尻を強調され、股間を締め付けられながらもばたばたと抵抗するレスティアはどんどん息が荒くなっていき、正直とてもエロい。

「はぁ、はぁ！　くっ、何なんですかこの縄っ！　ただ締め付けるだけでなく、強い魔力を纏っているせいで……んっ、体が熱い……！　こんなもので私を無理矢理屈服させようとしたところで負ける訳……あっ、んんっ⁉」

　物理的な緊縛とは別に、〝聖なる力〟に体が反応して声をあげてしまうレスティア。

　まずい、そんな反応をされると余計に卑猥な攻撃をしているようにしか見えない。当然信者たちからはゴミを見るような目で見られるし、とはいえ今更縄をほどくわけにはいかないし……くそ！

「さすがマグヌスさん。〝聖母教〟の〝預言者〟でさえあっさりと捕らえてしまうなんて。さあ、彼女に本当の〝聖なる力〟を教えてあげましょう」

　アリシアは羨望の眼差しを俺ではなく床でじたばたともがいているレスティアに向けながら言う。

　やめろ、そんなことを言ったらますます俺が変態に聞こえてくるだろう。

　とはいえこの場で俺が変態じゃないことを説明しようとしても誰も聞き入れてくれなさそうなので、仕方なくレスティアの隣で叫ぶ。

「……というわけでお前たちの預言者は捕らえた。彼女を傷つけられたくなければ武器を捨てて抵抗をやめろ」

「くっ……」「こんな変態カルトに……」「すみませんレスティア様っ！」「覚えとけよこの変態野郎っ……！」「我らにもっと力があれば……」

「ごめんなさいっ、私が不甲斐《ふがい》ないせいでこのようなことに……あっ」

怒りの目を向ける信者たちと、申し訳なさそうにするレスティア。しかし謝りつつもレスティアの口からは声が止まらない。魔法感応力が高いレスティアに縄が食い込むたびに物理的な痛みと同時に魔力が彼女の身体《からだ》を締め付ける。

信者たちは憎悪の目を向けてくるが、やがて仕方なさそうに武器を置いた。

それを見てレスティアはキッと俺を睨《にら》みつける。

「はぁ、はぁ、くっ……！　こんなことをして、一体どうするつもりですか⁉　言っておきますけど、こんなことをされたところでっ、んっ、私はあなた方のような邪教には屈しません！　はぁ、はぁっ……あんっ」

縄に締め上げられ、時折エロい吐息を漏らしながらも毅然と睨みつけてくるレスティア。今まで〝聖母教〟に嵌まっておかしくなった人たちを見てきたが、今の状況では俺たちが邪教呼ばわりされても何も反論出来ない。

そしてレスティアのお手本のような台詞《せりふ》に、俺は嫌な予感を抱く。どのような作品でも、こんな台詞を言われればすることは一つしかない。

いつの間にか、アリシアも俺の隣に歩いてくる。

「さあマグヌスさん、彼女に〝聖なる力〟を教えてあげましょう」

聖女のような表情で言うが、要は鞭で尋問しろということだろう。

俺は一応最後の抵抗を試みる。

「こんな態度をとっている相手にそんなことをするのは逆効果じゃないか？」

「いえ、そんなことはありません。マグヌスさんにあれをされたら誰でも真理に気づいてしまうと思いますよ？　それに……」

そう言ってアリシアは耳元に口を近づけると小声で言う。

（今レスティアさんは〝祝福〟により聖なる魔力を宿した縄に全身を縛られ、それを敏感に感じ取っています。ですから、さらに〝祝福〟された鞭で叩《たた》けばきっと堕《お》ちるでしょう）

仮にも〝聖なる力〟を使っているのに〝堕ちる〟とか言うな。

とはいえ、やっぱりこいつはただの変態なだけでなく妙に頭が回る。

気に食わないのは今の論理的な説明をあえて俺にしか聞こえないようにしたことだ。これを聞いてない周りの信者からすれば、俺がいきなりレスティアを鞭で打ち始めるようにしか見えない。

まあ、そういう細かい事情を知らないまま彼女を屈服させる方が神秘性が出るというのは分かるんだが……。

そういう意味ではこの場に俺の味方はいない。

俺は観念して鞭を取り出す。

それを見て信者たちは再びざわめく。

「や、やめろ！」「そうだ、武器を置いたら危害を加えないって話だっただろ！」「やっぱり変態じゃないか！」「最初からそのつもりでレスティア様を……」

罵倒の言葉や憎悪の視線が次々と俺に突き刺さる。

が、アリシアは何も気にせず、むしろ嬉々《きき》として言う。

「これは危害ではなく、愛ある〝おしおき〟です。さあ、いつも私にしてくださっているように、彼女も調教して屈服させてください！」

「愛なんてないしいつもしてるとか言うな！」

が、そんな俺の叫びもむなしく、今度は「あれがカルト教派特有の洗脳手法か」「苦痛で判断力を鈍らせて思想を押し付けるのか」「あの女、いつも鞭で叩かれてあんなにおかしくなったのか」などの言葉と視線が寄せられる。

くそ、どちらかというと被害者は俺の方なのにどいつもこいつも好き放題言いやがって。

そして倒れているレスティアも軽蔑の眼差しでこちらを睨《にら》みつける。

「はぁ、はぁ……！　いいでしょう、痛みで他人を支配することなんて出来ないということを教えてあげます！　そしてそちらの女性も目を覚ましてあげましょう！」

何のとは言わないが、再びお手本のような台詞を言うレスティア。

正直アリシアの目を覚ましてくれるなら是非ともお願いしたいんだが。

そんなことを思いつつ鞭を振り上げると、アリシアがレスティアの体をうつ伏せにし、鞭で叩きやすいよう俺にお尻を向けさせた。

ここでレスティアの尻を叩けば俺は完全に変態になってしまう。

しかし。

仮にこのままレスティアを連れ帰れば、おそらく彼女は何らかの罪で収容（最悪処刑）され、〝聖母教〟はカルト教派として徹底的に弾圧されるだろう。そうすれば元々厳しい暮らしの中で救済を求めた人々はさらに辛《つら》い目に遭うことになる。

それを防ぐには、ここでレスティアを〝改心〟させるしかない。彼女が〝改心〟して信者たちにも日常に戻るよう説得し、〝聖母教〟が自然消滅すれば少なくとも今より酷《ひど》い目に遭うことはなくなるだろう。信者たちを説得出来るのは現状レスティアしかおらず、そしてレスティアを〝改心〟させる方法は一つしかない。

だから俺はこんな変態みたいなことをしなければならないなんて……くそっ！

何で敵の本拠地に乗り込んでボスを捕まえたのにこんなに四面楚歌《しめんそか》なんだ！

むしろ俺が聖母様に救いを求めたい！

そんな八割方自棄《やけ》のような気持ちで、俺はレスティアに向かって鞭を振り下ろす。

パチィイイイン‼

「あっ、ああっ⁉　んんっ、んんんんんんっ♡」

お尻を思いっきり打たれたレスティアは唇を噛《か》んで悲鳴を我慢しようとしたが、すぐに甘い声を漏らしてしまう。

そして先ほどの強気な態度とは一転、動揺したように言う。

「はぁ、な、何ですかこれは……⁉　ただの痛みに屈するつもりはありませんが、打たれた瞬間全身が熱くなり、何かが勝手に体に満ちてくるようですっ……⁉」

「そうです。それが真なる救いです」

そんなレスティアに、諭すように言うアリシア。

先ほどまで俺を敵視していた信者たちも、自分たちが信じていたレスティアの思わぬ反応に動揺しているようだ。

「どうだ？　改心する気になったか？」

これ以上は叩きたくない、と思った俺はここぞとばかりに問いかけるが……。

「す、する訳ありません！　私はここにいる、そして今はいないけど私を信じてくださった信者のためにもっ！　あなたのような変態カルトに屈する訳にはいかないんです！」

そう言って真っ赤な顔で睨みつけてくる。

「そうですよ、マグヌスさん。お優しいのは分かりますが、ちゃんと彼女が心の奥底から改心するまで〝おしおき〟しないとだめなんです」

「……」

くそ、俺の善意を無にしやがって！　まるで二人で口裏を合わせているかのように俺を追い詰めてくる。

そう思うとレスティアに対しても腹が立ってくる。

くそっ！　こうやって鞭で打たれるのは、お前も悪いんだ！

頼むからさっさと改心してくれ！

そんな怒りをこめて鞭を振り下ろす。

パチィイイイイイイイン‼‼

「あづ♡　おおあおおおあおあづ♡♡　声っ、我慢しないといけないのにっ、私がここで取り乱す姿を見せてはいけないのにっ♡　でも鞭で打たれるたびにっ、鞭で打たれて縄が体に食い込むたびにっ！　全身がどうしようもないほど火照ってきてっ……」

やめろ、それ以上しゃべるな！

「さすがマグヌスさん！　いつもの調子が出てきましたね」

お前も黙っていてくれ！

パチィイイイイイイイン‼‼

「んんづ、あっ、ああああんっ♡♡　どうしてっ！　拒もうとすればするほど、体の中っ、熱いのいっぱい溢れてきますっ♡」

やめろ、よりにもよってそんな意味深な言い方しやがって！　ただ鞭と縄の魔力が感応してるだけだろうに！

全身を縄で縛られ、汗だくになってスカートを乱れさせ、どこか色っぽい悲鳴を上げながらのたうち回るレスティアを見ていると、俺の方も理性が試されてくる。強気で信心深い美人シスターがこんなあられもない姿で喘《あえ》いでいるなんて……。

いや、だめだ。ここで欲望に飲まれては本当に変態になってしまう。俺が欲望に飲まれる前に、レスティアを改心させなければ。

その一心で俺は鞭を振り下ろす。

パチィイイイイイイイン!!!!

「あああああっ♡♡　だめですっ♡　鞭の痛みだけでなくっ♡　縄も全身をぎちぎちって締め上げてきますっ♡　でもっ♡　何度叩かれてもっ♡　私は屈しませんからぁ♡♡」

そう言いつつも溢れる悲鳴はどんどん嬌声《きょうせい》に近づいていく。まるでアリシアが同じことをされた時にあげる悲鳴のように。

くそ、早く終わらせたい……そうだ、今レスティアが感じているのは魔法感応力によるものだ。ならばこうすればいけるんじゃないか？

俺はレスティアの体をぎゅっと縛る縄に力をこめ、もっと締め付けるように念じる。

その瞬間。

ぎちぎちっ
「んんんんんっ⁉♡♡　だめっ、もっと強く締め付けるなんてっ♡　そっ、それは反則ですっ……♡♡　んん、あっ、ふぁ……♡♡」

元々限界まで縛っていたはずの縄がさらにきつくなり、それだけでレスティアの口からは甘い吐息が漏れる。

もはや俺に反抗の台詞を叫ぶ余裕もないようだが、目だけはかろうじて俺を睨みつけてきた。

「さすがマグヌスさん……」

一方のアリシアは俺を尊敬の目で見つめてくる。こいつめ、絶対自分も今度同じことをされたいとか考えてるだろう……。

八つ当たりというのは分かっているが、それもこれも全部お前のせいだ、という気持ちをこめてレスティアに鞭を振り下ろす。

「さあ、早く改心するんだ、レスティアっ！」

パチィイイイイイイイイン!!!!

「あああああああああああっ♡♡　だめですっ、最初は痛くて熱くてっ♡　苦痛で仕方なかったのにっ、んっ、今はぁ……♡♡」

彼女が痛みに体を震わせるたびに、先ほどよりも全身にきつくまとわりつく縄が肌に食い込み、悲鳴が連鎖する。

パチィイイイイイイイイン!!!!

「あああああんっ♡♡　くっ♡　だめですっ♡　はぁ、はぁっ……♡♡　やめてくださいっ、もうこんな非道なことはやめてくださいっ……♡♡」

打って変わって真っ赤な表情で懇願してくるレスティア。

全身を縛られて息を荒くし、目を潤ませて懇願してくる彼女に俺は身体の奥から良くない気持ちが沸き上がってくるのを感じる。

これまで俺を非難してきた信者たちはこれまで信じていたレスティアのあまりの変わり

ように声も出せずにあるいは呆然《ぼうぜん》とし、あるいは感情移入したかのように赤面している。

そしてそれを恍惚《こうこつ》と羨望の混ざった表情で見つめるアリシア。

「そんな風に懇願するなんて、さっきまでの威勢はどこへいったんだ？」

「すみませんっ♡　んっ、はぁっ、ですがこれ以上は本当に、おかしくなってしまいますっ♡　私がっ♡　預言者レスティアのままでいられなくなってしまいますっ……んっ♡」

息も絶え絶えに言うレスティア。そしてしゃべっている最中にちょっとでも動くと縄による痛みで声をあげてしまう。

だが、不本意ながらアリシアを何度も〝おしおき〟してきた俺は直感的に分かる。今のレスティアは哀願しているだけでまだ本当の意味で〝堕ちて〟はいないと。今のまま彼女を解放しても、〝聖母教〟をやめることはしないだろう。

「そうか。なら次の一発で完全に堕としてやるよ」

「ひゃうっ♡」

自分でもぞくりとするほどの低い声に、レスティアも思わず体を震わせる。

「だめですっ、もうこれ以上はだめですからっ♡　あなた方を邪教と呼んだのは謝りますからっ♡　ですからこれ以上はっ……♡」

が、その声と表情はやめて欲しいと言いながらもアリシアと同じように、どこか期待が混ざっているのを感じる。

そして。

パチィイイイイイイイイイイン!!!!

「おおおおおおおおあづ♡♡　だめだめっ♡　だめぇ♡♡　皆を救うと誓ったはずなのにっ♡　聖母様の愛で皆を救いたかったのにっ♡　でも愛よりもっ♡　抱擁よりもっ♡　この痛みの方が素晴らしいものだとっ♡　気づいてしまいましたぁ♡♡」

堕ちたな。不本意ながら俺はそう確信した。

そういう本じゃあるまいしこんな都合よくいくかと思ったが、魔法感応力が高い彼女にとって、今の行為はただ鞭で打たれた以上の体験だったのだろう。そして最初に〝聖母の声を聴いた〟時よりも大きな体験のはずだ。これでレスティアは〝聖母様〟よりも〝聖なる力〟の方が上だと理解してしまっただろう。

ともあれ俺はレスティアの体を覆う縄を緩める。

するとレスティアは少し名残惜しそうにしつつもほっと息を吐いた。

それを見てアリシアも尊敬と興奮の目を向けてくる。

「さすが私がご主人様と認めた方。まさか本当にレスティアさんを屈服させてしまうなんて」

くそ、最初変態だの鬼畜だののはただの濡《ぬ》れ衣《ぎぬ》だったのに、少しずつ既成事実になってしまっている……。

さっきまでは興奮して我を忘れていたが、思い出してみると自分の行為も台詞も全てが恥ずかしい。

そんな中、荒い息で倒れているレスティアに信者たちが駆け寄っていく。

「だ、大丈夫ですかレスティア様！」

「こんな奴《やつ》らに屈服なんてしていませんよね⁉」

「あれは全部演技でしたよね？」

だが、レスティアはどこかうっとりした表情で首を横に振る。

「申し訳ありません。ですがやはり人間に必要なのは愛でも抱擁でもなく、躾《しつけ》やおしおきなのです……♡」

「そんな……」

それを聞いた信者は涙を流しながらがくりと膝をつく。

おかしい……。事件を解決したはずなのに、どう考えてもやっていることが敵役のそれなんだが。何だこれ、今のレスティアは完全にアリシアみたいになってるじゃないか。

が、呆然とする俺にレスティアはすがるような視線を向けてくる。

「あの……ご主人様。私はこれから一体、どうすればいいでしょうか？」

そうだ、呆然とする前に俺は最後の仕事をしなければ。

こんなことをさせられた以上、せめてこの事件だけはきれいに終わらせなければならない。

「このままじゃそのうち領主に捕まってしまうからな。とりあえず解散して元の暮らしに戻ってもらう。言っておくが領主に捕まるのは本当のおしおきではないからな？」

「もちろんです……！　あなた様のおしおき以外はきっと全部本物ではないのですよね？」

うっとりした目でこちらを見つめるレスティア。

なんかすごい嫌だが、言うことを聞いてくれてるならそれでいいか。

俺は全てを諦めて頷く。

「そういうことだ。だからとりあえずみんなを元の暮らしに戻してくれ」

「はい」

こうして、俺にとっては非常に不本意な経緯ながらも、〝聖母教〟事件は世間的には自然に解決したのだった。

「新しく錬金術師になった（？）ウェンディって人、失踪したらしいな」

「まあろくに調合も出来なかったから仕方ないだろ」

「それにしてもあの変態錬金術師の方は今ごろどうしてるんだろうな」

「確かに錬金術師の職を失ったらもう弟子をとってセクハラすることも出来ないからな」

「今頃どこかに身を隠してでエロ作家にでもなってるんじゃない？」

「ははは、確かに天職だな」

そう言って笑いあう男女の側を俺は逃げるように立ち去る。

「はぁ、俺の噂《うわさ》は相変わらずだな」

〝聖母教〟事件の解決後、王都に戻ってきた俺は自分の評判が変わっていないことにため息をつく。

アリシアと一緒にした〝聖母教〟事件の解決も、公にはしなかったので俺の名声の向上には繋《つな》がっていない。……いや、あの結末を思い返すとあれが知れ渡ればもっとひどい噂が流れていた気もするので、非公開で良かった気もするが。

「相変わらず素敵な噂が流れてますね」

「どれだけ脳みそが沸いてたらあれが素敵な噂に聞こえるんだ……って、うわあああああ

ああああっ⁉」

いつの間にか隣に立っていた見知った姿に、俺は思わず絶叫してしまう。

どうしてこいつがここにいるんだ？

「どうしたんです？　街中でそんな大声をあげたらみんなびっくりしてしまいますよ？」

「じゃあ俺をびっくりさせないでくれ」

目の前にいるのはこの国の皆が敬う王女様……ではなく、卓越した魔力とさらに卓越した図太さと変態性を併せ持つ俺の旅の相棒であったアリシアだ。一応王族だというのに、今もすっかり街中に溶け込んでいる。

「すみません、ですが素敵な噂だったのでつい」

「どこがだ。何で俺がエロ作家にならなきゃいけないんだよ」

「だって、エロ作家になったらきっと先日の旅の途中であったことを書きますよね？　私がマグヌスさんにしていただいたことが本になって王国中の方に読まれるのかと思うと……」

そう言ってアリシアはぽっと頬を赤らめる。

相変わらずこいつは……。会話するたびに悪化している気がする。

「分かった、聞きたいことは山ほどあるが、とりあえず宿に行こう！」

「そうですね」

こうして俺はアリシアがこれ以上街中で変なことを言わないうちにと急いで宿へ戻るの

だった。

「はぁ……。で、まず聞きたいんだが何で戻ってきたんだ？」

「え、だって〝平衣の修行〟は一年あると言いましたよね？」

当然のように答えるアリシア。多分王宮の人は誰も一年続けることは求めてないと思うんだが。

しかしアリシアは俺のいる安宿にもすっかりなじんでいて、手ずから俺に紅茶を淹《い》れてくれている。王女だというのに、行動も言葉遣いもまるで俺の従者のようだ。

「そうだけど、もしかして本当に一年続けるつもりか⁉」

「はい、王族の一員として、言葉に嘘《うそ》偽りがあってはなりませんから。それともマグヌスさんは私が嘘偽りを言うとお思いですか？」

「お前が言うことは全部嘘偽りであって欲しいとは常々思っているよ」

「大丈夫です、私が王宮に戻って例の件の残務処理をしていた間は一年に含めません。ノーカンですから」

だめだ、全く会話がかみ合ってない。

つまりこいつと一緒にいなきゃいけない一年のうち一週間ほどしか経《た》っていないということか。そう考えるとげっそりする。

「そこは含めて欲しいけどそういう話じゃないんだが……。まあいいや、それで結局あの件はどうなったんだ？」

こいつが戻ってきたのはあれだが、あの件がどうなったのかは少しもやもやしてたから直接聞けて嬉《うれ》しいかもしれない。

「はい、まず私の方でした追加調査によると、どうも教会は〝聖母教〟の件をそれとなく知っていたようですが、外部の調査を拒んでいたようです」

まあ自分たちの腐敗が原因でカルト教派に組織を食い荒らされていたなんてことが知られれば教会の権威は揺らぐだろう。それにあの事件が大事《おおごと》になっていれば庶民は教会よりもレスティアを支持していた可能性が高い。

「そのため〝聖母教〟の詳細については伏せながら現状を報告しました。それまで国は教会に頭が上がらなかったようですが、さすがに事の重大さを鑑みて、大臣の方と一緒に大司教と面談を行うことになりまして」

普段のこいつからは全く想像出来ないが、やはり王宮ではちゃんと王女様をしているらしい。

「で、結果としてはこの件については黙っておく代わりに、教会は貧しい人々を救うという本来の目的に立ち返っていただくということになりました」

「なるほど」

それがどの程度果たされるのかは俺にはよく分からないが、国側が弱みを握っている以上ある程度の効果はある、と思うしかない。

「それからバルタール子爵もカルト教派に対処出来なかったうえ、様々な余罪が見つかったため家督を譲って謹慎ということになり、ついでにミーシャさんは牢《ろう》できちんと罪を償うことになりました」

あのクソ子爵が無事に罰せられたと聞いて俺はほっとする。

ミーシャもあんな扱いをされるぐらいならきちんと罪を償った方がいいだろう。

「そして〝聖母教〟の方は無事活動がなくなったようで、子爵家が家督相続でごたごたしていることもあって様子見ということになりました。でもあのウェンディさん、でしたっけ？　あの方は他の罪が発覚したので牢に入れられました」

「他の罪？」

「はい、頼まれた薬品が用意出来なくて偽の薬品を売りつけたことなどが発覚したそうです」

「それは良かった」

俺の件も早く冤罪《えんざい》だったことが発覚して欲しいのだが。

「そういうわけで、王宮での役割は終わったので〝平衣の修行〟に戻ってきたという訳です」

「〝聖母教〟の件が平和裏に終わったのはいいが……そんなバイト感覚で出入りするなよ」

いや、バイトだってもっと長く働くんじゃないか？

そこで俺はふと重要なことを思い出す。

「っていうかそもそも、婚約の件はどうなったんだ？　元々それが嫌で飛び出してきたんだろう？」

「ああ、それについては教会がこんな不祥事を行っていた以上保留になりましたよ？」

「あぁ……」

政略結婚というのは相手が手を結ぶに足る存在だから行われるもの。

教会の不祥事があった以上、大司教の息子との婚約が保留になるのも当然だ。

そこで俺はふと思い至る。

「ん？　ということはもしかして最初からそれが目的で……」

「どうでしょうね」

不敵な笑みを浮かべるアリシア。

「まあ戻ってきたのは、王国には他にも表立って触れづらい問題が山積しているので調査したいというのもあります。それに、今回の件でもまだ一個やり残したこともありますし」

「え？　やり残したこと？」

何かあったか？　と思い返してみるが、少なくとも俺たちの手に負えることは思いつかない。するとアリシアは自信満々に言った。

「はい、まだマグヌスさんからご褒美をいただいてません！」

「ご褒美？」

嫌な予感を抱きつつもつい尋ねてしまう。

「はい！　レスティアさんとの対決では結構解決をアシスト出来たと自負しています」

あれは解決をアシストしてたのか？

まあ確かにおかげで平和的に解決出来たが、お前の趣味を押し付けてただけじゃないのか？　あの時は何度「変態！」と罵られたことか。

「それに、その後も王宮で後始末を頑張りましたよ！　さっきはさらっと言いましたが、実際にあの形にもっていくのは大変だったんですからね⁉」

「それは本当にすごいが……でもお前一応王女だし、今回の件では一応依頼主だろう？何で依頼相手の俺がご褒美を上げなきゃいけないんだ？」

俺が素で言い返すとアリシアはなぜか顔を輝かせる。

「確かに……この程度の働きは私にとって当然ということですね。何というストイックさ、さすが私がご主人様と見込んだ方です！」

「いや、そういうことじゃないんだが」

何か意図的に曲解されているような気がするが、うまくそれを正す言葉が出てこない！

その隙にアリシアはさらに話を進めていく。

「すみません、この程度でよく頑張ったと思いあがっていた私に〝おしおき〟をお願いします」

「やっぱりそうなるのか！　この変態め！」

「はい、私は変態ですっ！　ですからもっとご主人様に教育して欲しいんです！」

そう言ってアリシアはいきなりその場に四《よ》つん這《ば》いになろうとする。

「くそ、お前といるとやっぱりこうなるのか！」

こんなことがあと一年近く続くなんて！

そう思いつつも、俺はどこかそんな状況を楽しんでいる自分がいることに気づくのだった。

あとがき

　読者の皆様こんにちは。突然ですがあとがきって作品についてとか作品の裏話とか書くことが多いじゃないですか。とはいえこの作品はギャグとお色気のみで出来ていてそれ以上説明することは特にありません。そしていい感じの裏話などもありません。代わりに今考えた架空の制作秘話を載せます。

幼馴染《おさななじみ》（架空）「〇〇（本名）の部屋こんな感じだったっけ。来るの久しぶりかも」
私「そ、そんなにじろじろ見るなよ」
幼「何恥ずかしがってるの？　さて、やっぱり男子の部屋に来たらお決まりのベッドの下チェックをしないとだよね～」
私「や、やめろっ！」
（ベッドの下から出てくる鞭とか縄とかで女子をいじめるタイプの本）
幼「うわ～、〇〇ってこういうのが趣味だったんだ～（ニヤニヤ）」
私（やばい、何か言い訳を考えないと！）
私「い、いや、それはそういうのじゃなくて、次書こうと思ってる小説の資料で！」
幼「こんなのが小説の資料な訳ないじゃん、変態ｗ」
私「違う、これは新人賞に出す作品のために必要で仕方なく集めただけで……」

幼「言い訳必死過ぎw　そんなに恥ずかしいんだ？」

私「言い訳じゃない、俺は本気なんだ！」

幼「本気ねぇ。じゃあもしそれで入賞したらあたしがこの本みたいなことやってあげる。

ま、嘘だったら○○がこういう本集めてるって言いふらすけど」

私「い、いいだろう」（このままだと大変なことになる！　これで作品書かないと！）

数か月後
私「……という訳でちゃんと入賞したけど」（ホームページを見せる）

幼「ふぇ⁉　う、うそ、本当に入賞してる⁉」

幼（あの時あんなこと言っちゃったのに。あたし何されちゃうんだろう……？）

私「これで信じてくれたか？」

幼「し、仕方ないわね！　こ、これはあくまで約束だから……あ、あたしのこと好きにしていいわっ」


という訳で無事私の秘密は守られ、この作品も生まれました（大嘘）。

では最後に謝辞を。一緒に作品を推敲してくださった担当様、美麗で妖艶なイラストを描いてくださったとうち様、たくさんの修正をしていただいた校正様、そして何より手に取ってくださった読者の皆様、大変ありがとうございました。

白澤光政《しらさわみつまさ》

講談社ラノベ文庫

王女様《おうじょさま》のおしおき係《がかり》
～セクハラ疑惑《ぎわく》で失脚《しっきゃく》したらなぜか変態王女《へんたいおうじょ》のご主人様《しゅじんさま》になったんだが～

白澤光政《しらさわみつまさ》

2025年3月31日第1刷発行

発行者	安永尚人
発行所	株式会社　講談社 〒112-8001 東京都文京区音羽2-12-21
電話	出版　(03)5395-3715 販売　(03)5395-3608 業務　(03)5395-3603
デザイン	AFTERGLOW
本文データ制作	講談社デジタル製作
印刷所	株式会社ＫＰＳプロダクツ
製本所	株式会社フォーネット社

KODANSHA

ISBN978-4-06-538324-7　N.D.C.913　275p　15cm
定価はカバーに表示してあります

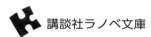

講談社ラノベ文庫

先生も小説を書くんですよね？

著:暁社夕帆　イラスト:たん旦

しがない塾講師・佐野正道はある日、憧れの小説家・琴羽ミツルのサイン会に赴く。
そこにいたのは塾の居眠り常習犯・三ツ春琴音。
天才ベストセラー作家の正体はなんと教え子の女子高校生だった！
過去にも一度会っており、小説家の夢を共有した二人。
夢を諦めた正道を認められない琴音は、思いがけない行動に出た――。
「書いてきてください。この写真で、人生を終えたくないのなら」
弱みを握った琴音は、恋人もいる社会人の正道を創作へと誘っていく――。